수영장에서 만나요

수영장에서 만나요

초 판 1쇄 2023년 05월 29일

지은이 한송이
펴낸이 류종렬

펴낸곳 미다스북스
본부장 임종익
편집장 이다경
책임진행 김가영, 신은서, 박유진, 윤가희, 정보미

등록 2001년 3월 21일 제2001-000040호
주소 서울시 마포구 양화로 133 서교타워 711호
전화 02) 322-7802~3
팩스 02) 6007-1845
블로그 http://blog.naver.com/midasbooks
전자주소 midasbooks@hanmail.net
페이스북 https://www.facebook.com/midasbooks425
인스타그램 https://www.instagram/midasbooks

ISBN 979-11-6910-237-7 03810

값 18,000원

미다스북스는 다음세대에게 필요한 지혜와 교양을 생각합니다.

수영장에서
만나요

싸하고 따끔하지만

맑고 깨끗한 물 속에서

오색찬란한 개성을

만나는 기쁨!

한송이 지음

미다스북스

오늘도
수영에
진심입니다

세상의 불운이 다 내게로 향하는 거라 확신하던 때가 있었다.

안팎으로 나쁜 일들이 계속 터지고 쌓이면서 켜켜이 존재감을 채워갈 때 마지막 절정의 폭죽을 터트린 건 나의 골절사고였다. 요가수업과 유아 체육 강사직으로 경력을 쌓기 시작할 때 갑자기 닥친 사고는 촘촘히 박힌 불운의 마지막 퍼즐 조각이었다.

수업 중 누가 굴린 지도 모르는 미니 볼을 밟았고 내 몸은 공중에 짧은 찰나의 시간, 붕 떠 있었다. 그리고는 바닥에 쿵, 하고 떨어지면서 대자로 1분가량 꼼짝하지 못하고 뻗어버렸다.

꼬리뼈의 중심부가 뚝 부러져 어긋나버렸고 수술하는 부위가 아니었기에 그저 치료 받고 처방 약을 먹으며 고통을 참아 낼 수밖에 없었다.

한 달을 엎드린 채로 잠을 자야 했고 5개월 동안은 도넛 모양의 방석을 엉덩이에 대고 침대에 누워야 했다. 1년 동안 앉을 때마다 방석이 필요해 휴대하고 다녔으며 1년 6개월이 지나서야 삐뚤어진 채로 뼈가 겨우 붙어 있는 걸 확인할 수 있었다.

나는 명성을 떨치는 강사가 되길 바란 적이 없었다. 그저 삶의 터전에서 밥벌이하며 사는 대다수 직장인처럼 일하고 싶었을 뿐이었다. 큰 욕심이 아니라 생각했기에 더 억울하고 화가 났다. 이를 갈고 아픈 몸을 그 전으로 돌리고자 매트 운동과 걷기를 시작했지만, 오히려 무릎연골까지 닳게 되면서 약해빠진 신체를 인정해야 했다.

의사가 권하는 운동은 오로지 하나였다. 몸에 무리가 되지 않는 운동. 그건 바로 수영이었다. 그러니까 내 기준에서 가장 불가능해 보이는, 물에서 몸을 움직이는 행위만이 신체의 안녕을 바랄 수 있다는 뜻이었다.

수영장으로 가기까지 수백 번 결심을 번복했다. 물을 극복할 수 없다는 확신은 심장을 졸이다 못해 오그라들게 했다. 스스로 질타하며 각오를 다져도 헤엄치는 모습이 도무지 그려지지 않았다.

어쩌면 수영을 배우다가 더 나쁜 일이 생길지도 모를 거라는 두려움에 떨고 있었다. 이제껏 내 품에 안긴 수많은 불운이 확률상 확인시켜주는 것 같았다.

공포, 그 자체였던 수영이었으니 지금의 나로선 기적을 경험한 셈이다. 너무 거창한가? 하지만 어차피 내 삶 자체가 대단함과는 거리가 멀기에 당연히 그럴 만하다. 물속에서 사람들과 어울리며 운동하는 게 즐겁고 수영장에서 만나자는 말을 주고받는 수영친구가 생겨서 좋다. 이 얼마나 소소하지만 귀중한 감정인가.

수영은 지금 하기에는 이미 늦었고, 현생은 너무 바쁘고, 더욱이 젊은 신체도 아니라는 부정적인 요소들을 말끔히 제거해주었다. 시원하고 개운한 이 느낌은 내 안에 축 처진 채 처박혀 있던 나약한 자존감을 구제해주었다.

이 모든 게 수영을 할 수 있게 되면서 깨달은 감정이다.

노폐물처럼 구석구석 축적된 불온한 감정들이 놀랍게도 몸을 발악하고 움직이면서 사라져버렸다. 그동안 형체 없이 막연한 그것에 지레 겁을 먹고 벌벌 떨고 있었다. 아마 물에 들어가지 않았다면 절대 몰랐을 일이었다.

이건, 확실하다. 수영은 지구의 한낱 미물인 존재를 특별한 감정에 도취하게 해준 요물이라는 것. 영원한 약속은 못 하겠지만 지난 2년 동안 그러했고 앞으로도 한참 동안 나는 수영을 할 것이다.

그래서 오늘도 신성한 락스물에서 수영에 경배를 보낸다.

1부

맥주병인
나를 데리고
수영장으로

수 영 장 에 서   만 나 요

물 트라우마를 안고 수영장 입수

물에만 닿으면 신경이 굳어버렸던 나

마흔 하나. 수영을 시작하기에는 너무 늦었다 단언했다.

살면서 단 한 번도 수영하고 싶다는 욕망을 느껴본 적이 없었다. 사람들이 단체로 수영복을 입고 락스 물을 마셔대며 운동을 한다는 자체를 이해하지 못했다. 그러니까 한마디로 수영은 내게 꿈에도 상상 못 할 열외로 취급받는 어떤 행위였다.

요가와 유아 체육 강사로 일하기를 3년째. 수업 중 도구에 미끄러진 사고만 아니었다면, 그로 인해 휴직하지 않았다면, 하필 엉덩이 꼬리뼈 골절만 아니었다면, 재활운동으로 다른 부류의 운동이 가능했다면……. 나는 내 발로 수영장에 입장하지 않았다.

열 살 때였나. 학원에서 단체로 수영장으로 여름방학 체험활동을 간 적이 있었다. 엄마가 빌려온 동네 언니의 노란색 수영복을 입고 신나게 놀다 화장실을 다녀온 뒤 바로 앞에 있는 엉뚱한 풀장으로 들어갔다. 수심이 깊다는 건 전혀 알지 못한 채 겁도 없이 풍덩 뛰어들었다가 곧 허우적거렸다. 그럴수록 몸이 말을 듣지 않는다는 걸 알 턱이 없었다.

첫 물놀이였고 주위에 사람들도 없었다. 발이 닿지 않는 공포에 미친 듯이 심장 박동수가 올라갔고 물속에 잠기는 몸을 주체하지 못하다 꼬르륵……. 천천히 가라앉았다. 허연 부유물이 눈앞에 떠다니고 멀찍이 사람들의 다리가 보이는 장면까지가 기억의 끝이었다. 그리고 이어진 기억은 빨간색 티셔츠를 입은 안전요원이 내 뺨을 두드리며 이름을 물어보는, TV에서나 봤던 바로 그 장면이었다.

그날 이후 주말이면 친구들과 우르르 몰려갔던 목욕탕을 안 갔고 바닷가에 놀러 가서도 절대 무릎 이상의 파도를 허락하지 않았다. 수압이 센 샤워기도 물살같이 느껴져서 무서웠다. 마지못해 가게 되는 워터파크에서는 구명조끼를 입고 튜브를 허리에 끼운 채 유아 풀에만 들어가 겨우 계단에 걸터앉았다. 조금이라도 강하거나 빠르거나 깊은 물의 속성이 몸에 닿을 것 같으면 온 신경이 경직되는 것 같았다. 빨리 그곳에서 벗어나라고 몸이 아우성을 치고 있었다.

나는 결국 제 발로 수영장을 다시 찾아갔다

그런 내가 수영강습을 받으러 간 첫날, 눈앞에 펼쳐진 하늘색 물빛은 공포 그 자체였다. 수영장 바닥은 거의 푸른 계열이 대다수인데 그래서인지 더 차갑고 매정해 보였다. 몇 분가량 입수하지 못하고 멀뚱히 서 있던 과거의 모습이 아직도 생생하게 떠오른다. 보통 물 공포증이 있는 사람도 조심히 계단을 이용해서 물속으로 들어가는데 아예 벽에 기댄 채 어찌할 줄 모르니 선생님이 당황한 건 당연했다. 일제히 회원들의 시선이 내게 쏠렸고 누군가가 손을 잡아주어 덜덜거리며 물속에 발을 집어넣었다.

그 상태로 유아 풀까지 걸어가라는 선생님의 지시에 정말 울기 일보 직전으로 코스로프를 잡으며 엉거주춤 걸어갔다. 걸어서 30초도 걸리지 않을 거리가 5분가량 지체되었다. 어깨를 얼마나 힘을 주어 움츠렸는지 승모근이 뒤틀릴 지경이었다.

그날은 절대 잊지 못한다.

모두의 눈이 나를 향했고 물에서 걷지도 못할 정도의 사람이 수영장에 온 것에 어이없어했다.

고작 얼굴을 집어넣고 음파 호흡을 하는 것도 버거워 했던 나약하고 불쌍하기까지 했던 표정과 집에 오자마자 절대 가지 않겠다 다짐했던 가여운 마음이 아직도 아릿하게 남아 있다.

다음날 근육통으로 결국 수영장을 못 갔고 일주일 정도 쉬었다. 아니, 그만둔 거였다. 하지만 곧 꼬리뼈와 무릎의 통증이 이어졌고 2층 계단을 올라가는 것도 버거워져서 심한 충격을 받았다.

결국, 걷기 위해 아픔 없이 생활하기 위해 제 발로 수영장을 다시 찾아 갔다. 무슨 수를 써서라도 물 위에 몸을 띄워봐야겠다는 의지로 굴욕의 맛을 선사할 지옥문을 두드렸다. 그리고 예상했던 것보다 훨씬 다양한 고비가 매번 나를 시험했다.

처음으로 강습을 받기 위해 자진해서 수영장을 가는 길은 도전 그 자체였다.
집에서 나가는 발걸음이 무척이나 힘거웠고 망설여지는 순간이었다.

작심삼월을 버텨라

어찌 되었든 3개월은 참아보자

당연히 강습에 나오지 않을 거로 생각했던 내가 등장하자 선생님과 회원들은 의외라는 식의 반응을 보였다. 나는 따가운 관심에도 아랑곳하지 않고 며칠 동안 음파 호흡만 했다. 같이 시작한 다른 회원이 발차기를 배웠지만 혼자 유아 풀에서 얼굴 집어넣는 연습을 하고 호흡을 반복했다.

지리멸렬한 강습시간이 지나면 누구보다 빠르게 샤워실로 직행하여 씻고 나갔다. 다른 사람과 말 한마디 섞지 않고 뒷정리를 마치고 바쁜 일정이라도 있는 것처럼 황급히 수영장을 빠져나갔다. 귀로 들어간 물을 빼내기 위해 매번 손바닥으로 귀에 압력을 가해 꾹 눌러주었다 빼기를 반복하다 보면 수영장에서의 볼품없던 내 모습이 떠올랐고 다음 날이 오는 게 두려웠다.

그러기를 3주째. 무뚝뚝하던 선생님이 진지하게 말씀하셨다. 오기가 있는 것 같으니 3개월만 버텨보라고. 그러면 킥판을 잡고 자유형 팔 돌리기를 할 수 있을 것 같다는 실낱같은 기대를 심어주셨다.

당연히 믿지 않았지만 다른 뜻으로 그렇게 하기로 마음먹었다. 3개월만 참아보고 나의 몸이 물에 뜨지 않으면 수영을 그만두겠다는 심산이었다. 더는 구질구질하게 수영에 매달리지 않기로 했다.

맨 가장자리의 벽을 잡고 걷기를 한 달.

킥판을 잡고 발차기하는 법을 배웠지만 한 번에 제대로 될 리가 없었다. 수영장 바닥을 바라보기 위해 얼굴을 물속에 넣는 행위 자체가 너무 무서웠다. 킥판에 의지한다 해도 일단 바닥에 다리를 닿지 않고 띄워야 하는데 하반신이 마음대로 움직여지지 않았다.

뒤에서 선생님이 발을 잡아주면 겨우 몸을 물 위에 띄운 모습이 완성되기는 했지만 가라앉을 것 같은 공포증은 곧바로 습격했다. 얼굴을 수면으로 빼며 몸을 유난스럽게 버둥거렸고 선생님은 왕창 물을 뒤집어쓸 수밖에 없었다.

그런 일이 반복되자 나 하나 살자고 타인에게 피해를 주는 현실이 죄스러웠다. 몸은 힘들고 나아지는 건 없고 매시간이 창피함으로 채워가자 괜한 욕심을 부려 모두를 힘들게 한다는 생각에 미쳤다.

하지만 이대로 그만두는 게 괜찮을 것 같지 않았다.

매번 손과 발을 잡아주며 온갖 물거품을 묵묵히 참아내셨던 선생님의 노고가 안쓰러웠다. 무엇보다 절망으로 가득한 내 머릿속과는 별개로 미약하게나마 신체의 변화가 생기고 있었다. 매일 근육통이 나아질 기미 없이 현상 유지됐지만, 신기하게도 무릎이 아프지 않은 기분이 들었다. 팔과 다리, 등판까지 욱신거리는데 고질적으로 시리고 뻐근했던 무릎 통증이 한결 옅어진 느낌이었다. 꼬리뼈에서 시작되는 시큰함이 척추 뼈로 이어져 전체적으로 허리도 늘 아팠는데 그 또한 통증의 강도가 약해졌다.

수업마다 몸을 쭉 편 채 발을 차는 한 달 동안의 훈련이 성과를 나타낸 거였다. 놀랍게도 인정하지 않으려 했던 재활운동의 덕을 보기 시작했다.

그렇게 강습 때는 똑같은 수업을 참아가며 버티고, 집에 가서는 영상으로 숨 쉬는 법을 공부하며 침대 위에 엎드린 채 발차기를 연습했다. 세면대에 물을 담아 얼굴을 깊숙이 넣어 숨 참는 자세를 반복하고 거울을 보며 음파 호흡을 하는 모습을 관찰하기를 두 달째.

나는 마침내 킥판을 앞세워 발차기로 물 위를 조금씩 떠다니며 앞으로 나아갈 수 있게 되었다.

여전히 하늘색 바닥이 눈앞에 닿을 것 같은 공포가 엄습했지만 짧게나마 아래를 내려다볼 수 있었다.

수면 위에서 숨을 뱉어내는 시간이 훨씬 길었지만, 다시 호흡 정리를 하고 음파 호흡을 시도했다. 비록 킥판을 사용했지만 물 위에 다리를 띄웠다는 결과는 내 안에 엄청난 파장을 일으켰다.

이제는 수영을 해보고 싶어졌다

고작 3개월을 버틸 게 아니라 그때까지 자유형을 해보자는 의지가 활활 타올랐다.

무언가에 강하게 꽂히면 끝을 봐야 하는 승부욕이 바들거리는 손목을 보며 생긴 점은 다소 의아하지만 사실이었다.

그리고 물에 대한 지긋지긋한 트라우마를 극복해내고 싶었다. 아이들을 데리고 물놀이를 가면 같이 놀아주지도 못하고 늘 선베드 신세를 져야 했던 과거도 이제는 바꾸고 싶었다.

너무 오래 운동을 쉰 탓에 새로운 전환점이 필요한 시기였고 어쩌면 그 자리를 수영이 대신 해줄지도 모른다는 생각이 들었다. 갑자기 불현

듯, 정말 그럴 수 있을 거라는 이상한 자신감이 생겼다.

그렇게 3개월. 나는 자신과의 약속을 지켰다.

놀랍게도 배영을 배우며 물 위에 내 몸을 띄웠다. 목이 뻣뻣하게 경직된 상태이기는 했으나 수영장의 천장을 바라보며 발차기에 집중력을 보였다. 주말마다 킥판을 들고 유아 풀에서 발차기 연습을 하며 주 6일 수영한 보람이 있었다. 일주일을 다 채운 적도 있었다.

물 공포증을 극복하는 날이 언제 올지는 모르지만, 함께 공존하며 물에 몸을 둥둥 떠맡길 수 있는 사람이 되어가고 있었다. 발악하며 고함지르던 모습이 불과 몇 달 전이었는데 작심삼월의 주문이 이뤄진 셈이었다.

나는 초보반 시절을 지나고 나서 스스로 칭찬하는 법을 배웠다.

죽을 것 같기만 했던 3개월을 버텨내는 건 생각보다 심각한 일이 아니었다. 세상의 아픔을 내가 독식한 것처럼 군 게 얼마나 미련하고 웃긴 허세였는지를 깨닫게 해준 게 물속을 참아내는 인내였다.

결코, 이겨낸 것이 아니라 묵묵히 한 발짝씩 천천히 움직이면 되는 거였다. 비록 더디더라도 미약하게 나아진 결과를 인정해주었다.

숨을 한 번 더 참았고 발차기할 때 엄지발가락을 정확하게 스쳤으며 수업 후 남아서 연습했고 다른 회원들에게 눈인사 정도는 할 수 있게 되었다. 그래서 오늘도 잘했다는 토닥거림과 위로를 자기 전 나에게 해주었다.

그러다 보니 다음날 수영강습이 덜 무서웠다. 조금씩 느슨해진 두려움이 가상한 용기를 발휘했고 마일리지가 쌓이듯 어느 순간 새로운 영법이 궁금해졌다.

3개월. 이 구간을 잘 넘기면 수영 도장 깨기를 시도할 수 있다. 새로운 동작과 진도 나가는 재미를 조금씩 느낄 수 있게 된다.

제대로 수영을 못해 힘들거나 우울해질 때 하늘을 한 번씩 올려다보는 것도 좋다.
기지개를 켜면서 기분전환 하기에 괜찮은 방법이다.

물에 대한 두려움이 사실은
추상적인 형태였다는 걸 알게 된다.

직접 수영을 배워서 해보면
손에 잡히지 않던 막연한 공포가
허상이었다는 것을 실감한다.

두려움은 당신이 하는 모든 것의 일부분이다.

그러나 커다란 위험을 무릅쓴다면 당신은 큰 대가를 얻게 될 것이다.

그레그 루가니스(다이빙선수)

수영 휴가를 꿈꾸는 초보 수영인

처음으로 가족과 함께한 수영

사실 배영으로 물에 몸을 띄울 수 있었던 건 여름휴가 때문이었다. 가족 중 유일하게 나만 물속에 들어가지를 못해서 우리 집은 수심이 깊은 수영장이 있는 곳으로 휴가를 간 적이 없었다. 유아 풀 정도의 규모만 허락했었다.

수영강습을 여름에 시작했는데 마침 휴가 시즌이었고 날짜를 수영장을 다니고 나서 몇 주 뒤로 잡았다. 처음으로 야외수영장이 있는 리조트를 숙소로 정한 것이다. 실로 나에게는 고무적인 변화였다. 하지만 겨우 물속을 걸을 수 있는 상태였고 킥판을 잡고 벌벌대며 미세하게 움직일 정도의 수준이었다. 남편과 아이들이 도와준다고 했지만 역시나 물속에 들어가는 건 각오를 새로 다져야 할 만큼 어려웠다. 다니던 수영장 레인을 다 합친 것보다 몇 배로 큰 야외풀장이었고 심지어 수심이 더 깊은 구간도 있었다. 보자마자 압도적인 면적에 잠시 누그러져 있던 물에 대한 공포가 왈칵 파도처럼 덮쳤다.

신나게 가족들이 물속으로 첨벙! 들어갔지만 나는 선베드에 앉아서 울렁거리는 마음을 진정시키고 있었다. 그러기를 30여 분째. 수영을 배우기 전과 다를 바 없는 모습에 화가 났다.

킥판에 몸을 걸친 채 조심히 계단으로 내려가 보니 강습 받는 수영장보다 확실히 위압감이 들었다. 하지만 아이들의 표정에 다시 물 밖으로 나갈 수가 없었다. 처음으로 엄마가 같이 물놀이를 하겠다며 풀장으로 들어온 광경에 기대가 가득 찬 얼굴이었기 때문이다.

나를 둘러싼 두 아이와 남편이 적극적으로 물에 뜰 수 있게 도와주겠다는 지원을 자처했다. 그래서 수업시간에 했던 대로 킥판을 잡고 발차기하며 물 위에 어정쩡한 자세로 한참을 용을 썼다. 가족들은 서로 킥판을 천천히 당겨주고 물속으로 가라앉으면 함께 빠져주고 자세를 삐끗해서 허우적대면 재빠르게 내 몸을 건져주었다. 모두가 온몸으로 내가 물 위에 힘을 빼고 누울 수 있도록 같이 초보자처럼 움직여주었다.

그렇게 하기를 두 시간 정도. 마침내 나는 긴장으로 버둥대던 몸을 온전히 드넓은 파란 물 위에 안착시킬 수 있었다. 어깨와 목에 잔뜩 힘이 들어가기는 했지만, 그 상태로 빠지지 않으려 세차게 발차기를 했고 하늘의 구름 모양이 움직이는 것을 확인하며 하하하. 크게 웃을 수 있었다.

첫 배영 발차기가 성공하는 순간이었다.

내 기준으로 비교적 이른 시간 안에 성공의 기쁨을 느끼자 그다음부터는 조금 더 과감해질 수 있었다. 배우지도 않은 팔 돌리기를 시도하며 삐뚤빼뚤하지만, 발만 찼을 때보다 속도감을 느끼며 움직였다. 사람들과 부딪히려고 할 때마다 아이들이 짠! 하고 나타나 방향을 바꿔주어 계속 하늘을 보며 배영을 할 수 있었다.

배영을 하더라도 일어서는 법을 몰랐는데 그 동작은 남편이 상세하게 알려주었다. 당연히 물을 왕창 들이켜며 앞으로 고꾸라질 듯 일어났지만 무슨 오기가 발동했는지 서는 과정도 끊임없이 연습했다. 그날 무려 여섯 시간 정도를 물속에서 연습하고 떠다니고 덜덜거리며 보냈다. 수영을 조금이라도 하게 된다면 얼마나 물속 휴가가 재미있을지 짐작할 수 있었다.

물론 휴가가 끝나고 몸살로 골골거렸지만 내 평생 처음으로 겪은 일이었다. 물과 함께 놀 수도 있다는 놀라운 세계를 알게 된 것이다.

수영장 투어의 꿈

그렇게 비밀 강습을 받고 수영장에서 배영 진도를 나갔으니 선생님은 어리둥절한 표정이었다. 나는 여전히 맨몸으로 자유형을 할 순 없었지만 킥판을 잡고 팔을 돌리는 동작이 전보다 훨씬 잘 되고 있었다. 아니, 덜 무서웠다.

배영은 곧바로 발차기할 수 있었고 같은 반 회원들은 휘둥그레진 눈으로 쳐다보며 궁금해했다. 도대체 휴가 때 무슨 일이 있었던 거냐고 물었지만 그냥 웃기만 했다.

나 외에도 회원들이 비슷한 날짜에 휴가를 다녀왔다. 웃긴 건 대다수가 수영장에서 놀다 왔다는 사실이었다. 누가 수영인들 아니랄까 봐 수영이 곧 힐링이었다. 그중 과거 해외 여행지로 수영장 투어를 다녔다는 회원의 이야기에 모두가 귀를 쫑긋하며 기울였다.

2주일간 사이판에서 보내는 일정이었는데 여섯 개의 숙소를 옮겨 다니며 오전에는 야외수영장에서 수영하고 오후에는 근처 해변에서 바다 수영을 했다는 것이다. 따뜻한 기온에 온몸이 노곤해지는 걸 기분 좋게 받아들이며 수영하는 기분은 지상낙원에 있는 것 같다고 했다. 에메랄드 바다 속에 열대어와 어울리면 진짜 물고기가 된 착각이 들고. 자연이 아름다운 곳에서 여유롭게 헤엄치면 모든 세상의 근심이 거짓말처럼 사라지는 경험을 하게 된다는 말까지.

일정 동안 한 번도 지루할 새 없이 물놀이의 종류는 다 해보고 왔다는 멋진 휴가에 모두 부러움이 가득한 표정으로 자신의 다음번 휴가에 적용하겠다는 의지를 보였다. 물론 이건 경제적인 여유가 뒷받침될 때 가능하겠지만 수영을 할 수 있다는 전제 아래 실현되는 꿈이었기에 회원들이 반 정도는 이루었다고 생각을 하는 듯했다.

꼭 해외로 나가야 한다는 법은 없었다. 국내에도 수영장리조트 여행을 할 수 있는 곳은 많다. 다만 예쁜 날씨와 깨끗한 물, 그리고 열대어는 나 역시 부러웠다.

겨우 몸 하나 띄울 수 있는 정도지만 초보자의 마음에 불씨 하나가 일어났다. 온종일 2주 동안 수영해도 피곤하지 않고 행복해할 수 있는 사람이 되고 싶어졌다. 물이 너무 좋아서 수영이나 물에 관련된 레포츠 외에는 다른 휴가계획이 생각나지도 않을 만큼 대단한 열망이 갖고 싶어졌다.

배영 팔 돌리기를 하며 그런 날이 내게도 반드시 올 것 같은 근사한 예감이 들었다.

처음으로 가족과 물놀이를 했던 리조트 수영장.
수영 후 난간에 기대어 자연을 바라볼 수 있을 정도로 물과 많이 친숙해진 모습.
사진을 찍어달라고는 했지만, 물속에서 다리를 심하게 떨고 있었다.

물은
놀이문화의 가장 좋은 장소이자 재료다.

이렇게 활력 있는 여가활동을
진작 알았다면
훨씬 다채로운 삶이
되었을 거라 생각한다.

지구에 마법이 있다면 그것은
물속에 있을 것이다.

로렌 아이슬리

수영장은 처음이라고요?

강습 준비물과 수영장 이용법

처음 수영을 배우려고 회원권을 신청했을 때 여러 걱정이 앞선다. 안내 데스크에서는 주의사항이나 준비물을 상세하게 얘기해주지 않고 주위에 수영선배가 없다면 마땅히 물어볼 곳도 없다. 인터넷에 검색해도 찜찜하고 불확실한 기분을 떨쳐내기 어렵다.

나 역시 마찬가지였다. 도대체 수영장에 어떤 종류의 용품을 준비해서 가야 하는지, 젖은 몸에 수영복을 잘 입을 수는 있을지, 가서 뻘쭘하지 않게 등장하려면 어떤 방식으로 움직여야 하는지가 너무 걱정스러웠다.

먼저 첫 수업 때 준비물과 이용법을 열거해보자면.

수영복이 없을 시 일단 인터넷으로 초보 수영복이라고 검색해서 싼 거로 구매한다. 처음부터 수영복 고민을 너무 하면 스트레스를 받는다. 좋아서 고르는 게 아니라면 저렴한 것으로 사면된다. 수경과 수모도 세트로 파는 것 중의 하나를 고른다. 그리고 세면도구와 담을 바구니, 화장품과 수건을 챙겨서 털레털레 가면 된다.

탈의실에서 옷을 벗고 샤워실로 가서 샤워한 뒤 수영복을 입고서 목욕바구니를 들고 나오면 수영장 입구 쪽에 선반이 있다. 거기다 바구니를 올려두고 레인으로 입장하면 된다. 사물함 열쇠는 손목이나 발목에 착용하거나 나처럼 바구니 안에 깊숙이 넣어두면 된다.

일반적인 센터라면 보통 샤워실에서 나가서 가장 가깝게 있는 첫 번째 레인이 초보반이다. 조심히 들어가서 회원들에게 눈인사 정도 하면서 초보반이 맞냐고 한 번쯤 확인하는 것도 좋은 방법이다.

정각에 시작되는 체조 후 뒷줄에 서 있다가 선생님과 눈이 마주치면 처음 왔다고 얘기하면 된다. 아예 발차기도 못 한다고 하면 따로 수업을 진행한다. 물 밖으로 나와서 벽에 손바닥을 대고 고개를 돌리는 법 등을 간단하게 배운 뒤 유아 풀로 이동 후 음파 호흡법과 발차기를 배운다. 수업 시작한 날 나와 함께 시작하는 회원이 있다면 같은 진도가 나가서 조금은 덜 민망하다.

첫날은 강습보다 샤워실에서 어떻게 자리를 잡고 차례를 기다리는지, 방법을 눈으로 스캔하며 배우는 게 더 중요하다. 앞으로 같이 한 물에서 운동할 사람들을 익히는 게 여러모로 유용하기 때문이다.

수업 후 동영상을 보며 호흡법을 복습, 예습하는 것도 도움이 된다. 선생님마다 수업방식과 내용이 다르지만, 호흡법은 거의 같기에 이미지트레이닝을 하면서 다음날 입수하면 조금의 진전이 있다.

수모와 수영복은 운동복이다

처음에는 수모를 착용하는 것도 힘든데 긴 머리카락일 경우에는 밑으로 머리를 동그랗게 말아 묶은 뒤 수모를 눈썹 위에서 먼저 쓴 다음에 마지막에 묶은 부위에 걸치면 된다. 이마 클렌징을 꼭 하고 수모 안쪽을 뽀득뽀득 씻어야 수영 중에 잘 벗겨지지 않는다.

수영복은 처음부터 원피스형을 추천한다. 샤워 후 수영복을 입기란 여간 힘든 게 아닌데 낑낑대며 팔을 통과시키지 못하면 옆자리의 누군가가 도와주는 경우가 있다. 그게 싫다면 허벅지까지 내려오는 5부 수영복보다는 원피스 수영복이 훨씬 도움 없이 빠르고 수월하게 입을 수 있다.

어차피 노출이 있는 운동이고 나 외에 다른 사람들도 수영복을 입는다. 한번 의식하면 계속 의식하게 된다. 수영복은 말 그대로 수영할 때 입는 운동복이다. 어색하겠지만 당연한 차림새이니 조금은 과감할 필요가 있다.

며칠이 지나면 나의 앞뒤로 선 사람들이나 같은 반 사람들이 지나치게 호구조사를 하는 예도 있다. 직업이나 결혼 여부, 거주지와 이동수단 등이 기본 질문이다.

일일이 대답하면서 스트레스를 받을 필요는 없다. 대부분이 별 의미 없는 인사치레일 수 있다. 조금 더 얼굴을 자주 보며 강습을 하다 보면 자연스럽게 대화를 하는 날이 온다. 사람들과 부딪히며 하는 운동이다 보니 아무래도 감정싸움이 생길 수 있지만, 초보반 시절부터 지레 겁을 먹으며 수영장을 갈 필요는 없다.

이때는 무엇보다 수영을 제대로 배워야 하는 게 더 중요하기 때문이다. 온갖 이상한 동작으로 허우적대는 모습이 창피하고 같이 시작한 사람이 나보다 숨쉬기를 잘해서 진도가 빠르다 싶으면 심경이 복잡하고 불안한 잡생각이 이어질 수 있다. 초보반 대다수가 느끼는 당연한 과정이니 묵묵히 한 달 정도만 참으면 된다. 두 달 정도 더 참으면 영법 진도 나가는 재미를 느끼게 될 것이다.

머리털 나고 처음 접해보는 장소일지라도 절대 과하게 두려워할 필요가 없다. 이 정도의 규칙만 파악한다면 수영장에서 보내는 시간이 버티는 것에서 즐기는 것으로 변화할 것이다.

처음에는 수영복을 입고 수모를 착용하는 게 어렵지만,
시간이 지나면 그날의 기분에 따라 연출하기도 한다.
많이 입어봐야 본인에게 어울리거나 좋아하는 취향을 찾을 수 있다.

몸 개그를 하는 게 아니라 수영 중입니다

초보반 몸 개그 담당자는 바로 나

초보반이지만 오리발 수업까지 배우고 나면 스스로 초보가 아닌 줄 아는 착각 병에 걸린다. 나는 비록 초보 레인에 있지만, 곧 선생님이 중급반으로 보낼 날이 임박했을 거라 멋대로 짐작한다. 그래서 벌어지는 일은 동영상에 나오는 동작을 과감하게 따라 해본다는 것이다. 이때 기초적인 동작을 보는 게 아니라 앞서가는 과정을 미리 보게 된다. 쉽게 말해서 예습이다. 충분히 될 것 같은 자신감은 사람들 앞에서 내 몸을 과감히 움직이게 만든다.

이건 나만의 고질병은 아니었다. 같이 배우는 사람들이 비슷하게 진도가 나가면 서로 추켜 세워주면서 잘한다고 칭찬을 한다. 좀 이상한 광경이긴 한데 그래도 그게 기운을 북돋아 주는 것도 맞다. 그래서 초보반 회원들끼리 도전해 본 게 바로 잠영(잠수영법)이었다. 물론 오리발을 착용한 상태로 말이다.

레인 25m 끝까지 갈 수 있을 거라 확신하고 출발한 회원은 아예 시작점에서 얼마 가지도 못하고 벌떡 일어서다 롱핀(긴 오리발)이 접히면서 그대로 옆 반 코스로프에 머리를 떨어뜨리고 말았다. 일제히 사람들이 놀라 그 회원의 얼굴을 살피니 말로는 괜찮다고 했지만, 틀림없이 멍들 것처럼 벌겋게 눈썹 주위가 삽시간에 부풀어 오르고 있었다.

무모하게 잠영을 하려고 했는데 생각해보니 오리발을 착용한 채 물속에서 스타트를 해본 적이 없었다. 동영상의 인물처럼 출발하지 못하니 그대로 고꾸라지고 만 것이다.

하지만 한 명이 안 된다고 모두가 안 되는 것은 아니기에 또다시 도전을 외치는 사람이 있었다. 그 회원은 놀랍게도 제대로 출발하지는 못했지만, 웨이브를 크게 타며 깊게 물속으로 들어가더니 중간 지점을 지나서 머리가 물 밖으로 올라왔다.

사람들은 "와~ 멋지다!"라는 감탄사를 외치며 손뼉을 쳐주었다. 이에 그녀는 화답하듯 반대편에서 다시 출발할 준비를 하며 숨을 한번 고르더니 잠영을 시도했다. 멀리서 그냥 딱 봐도 좀 전의 속도보다 훨씬 빠른 킥으로 전진하고 있었다.

초보일 경우 물속에서 숨 참기는 당연히 어렵다. 그러니 더 빠른 발차기를 이용해서 25m 끝까지 가 볼 생각으로 움직였던 것 같다. 문제는 오리발을 신고 있었고 그녀도 잠영은 처음인지라 자신의 가속도를 알 길이 없었다는 것이다.

수영장에서는 바닥에 T자 모양이 나오면 도착지점에 근접한 거리를 표시한 거라 영법의 속도를 줄이거나 멈추는 구간으로 알면 된다. 그런데 T자 구간에 가깝게 오도록 속도를 줄이지 않더니 이내 끝까지 가버렸다. 머리를 수면 밖으로 빼지 못한 채.

다행인지 불행인지 중앙으로 가지 않은 덕에 레인 끝 왼쪽에 서 있던 회원의 배에 머리를 쿵 찧고 말았다. 웃기면서도 실로 민망한 상황이었다.

같은 동성이라 대형 사고는 막을 수 있었지만, 갑자기 배에 공격을 당한 회원은 갈비뼈 쪽을 매만지며 인상을 썼고 머리로 남의 배를 강타한 회원은 통증이 있을 테지만 상대방에게 죄송하다는 사과를 하느라 참아내고 있었다. 결국, 서로의 상태를 확인하며 훈훈하게 마무리를 지었다.

수영하다 보면 작정한 게 아닌데 작정하고 덤비는 것처럼 다른 사람을 웃기게 만드는 경우가 발생한다. 기본적으로 몸을 물에 띄워 움직이는 활동이다 보니 내 몸이 물이라는 액체에 맡겨져 있는 상태다. 의지와 상관없이 신체가 멋대로 휘청거리고 구겨지고 넘어지는 일이 허다하다.

나도 중급반으로 넘어가서 엄청나게 몸 개그를 했다. 초보반일 때는 누가 봐도 웃긴 게 아니라 겁에 질린 상황이었고 물과 조금 친해지고 나니 역시 예상대로 많은 회원을 웃게 했다.

드디어 자유형을 하게 된 날. 처음부터 25m를 쉬지 않고 가지는 못했다. 그렇게 되기까지는 한 달은 더 걸렸던 것 같다.

어쨌거나 그 기나긴 여정에서 나는 몇 번이나 경로 이탈을 했다. 고개를 오른쪽으로 돌려 호흡하고 다시 물속으로 집어넣는 동작을 힘겹게 해내고 있었지만 네 번 이상의 팔 돌리기를 하고 나면 못 참겠다 싶어 멈추어 일어선다. 그런데 어라? 내가 서 있는 곳은 옆 반 레인의 어느 지점이었다. 상급반 회원들이 깔깔깔 웃어 대고 선생님은 어이없는 표정으로 넘어오라며 손짓을 한다.

배영은 더 심했다. 자유형보다는 훨씬 잘한다고 생각했기에 열심히 팔을 저으며 속도를 냈다. 이 영법이라도 괜찮게 한다는 인식을 회원들에게 심어주고 싶었기에 더 욕심내며 팔 돌리기를 했지만, 직선으로 가지 못하던 내 경로는 또다시 옆 반으로 이동했다. 배영은 레인이 보이기 때문에 이동할 것 같으면 몸을 반대편으로 움직여서 불상사를 막을 수가 있다.

그런데 힘찬 한 번의 팔 돌리기에 휭~ 하고 몸이 옆으로 밀려 넘어가 버렸고 그걸 인지한 내가 반대쪽으로 가려다 코스로프에 얼굴을 처박고 만 것이다. 그대로 몸이 휘청거리며 중심을 못 잡다가 물에 빠질까 봐 허우적거리며 나도 모르게 팔다리로 코스로프를 감싸 안았다.

딱 모양이 바비큐 통구이였다. 지나가는 회원들의 물살에 이러지도 저러지도 못하고 그 상태로 매달려 있는 인간 통구이. 내가 그렇게 사투를 벌이는 사이 다른 회원들은 도착지점에 서 있었고 나의 자태를 보며 웃고 있었다.

사람들이 다 지나가고 나서야 잔잔해진 물에 다리와 팔을 하나씩 풀며 물속으로 시끄럽게 가라앉았다. 물을 양껏 먹어서 코와 귀가 막혀 먹먹한 상태였고 팔 안쪽은 벌겋게 자국이 났지만 아픈 티를 내지 않으려고 꾹 참았다.

알고 보니 나만 웃긴 게 아니었다

멋지고 우아하게 수영을 할 단계가 아니라는 건 알지만 매번 초라하게 몸 개그를 자청하는 현실에 답답하기만 했다. 그러다 초, 중급반만 몸 개그를 하는 게 아니라는 걸 알게 되자 그나마 위안으로 삼으며 수영을 계속할 수 있었다.

선생님이 개인 사정으로 며칠 쉬고 다른 선생님이 대신 수업을 하던 날이었다. 수업시간이 끝나기 오 분 전. 반 전체 인원이 모여서 둥글게 원을 만들어 잠수하는 법을 배웠다.

강강술래 하듯이 손을 다 잡은 상태로 구령에 맞춰 물속으로 한꺼번에 들어가는 동작이었다. 잠수해본 적도 없는 나는 양쪽 회원들의 손에 이끌려 양반다리 자세를 시도하기는 했지만, 바닥까지 닿지도 못하고 그대로 둥둥 물 위로 떠올랐다.

30초 정도 지나서도 버티고 숨을 참는 몇몇 회원들은 모두 상급반 사람들이었다. 그중에 초보반의 한 회원이 미동도 없이 편안하게 자리를 잡고 있었다. 거의 자존심 대결처럼 구도가 잡혔다. 하지만 대세는 상급반 쪽으로 기울어져 있었다. 초급반 회원은 수업한 지 일주일도 안 된 왕초보였다.

몇 초씩 더 흘러가고 남은 사람은 세 사람. 상급반 두 명과 초보반의 한 명이었다.

이미 서 있는 회원들은 신나게 숫자를 세거나 다시 한쪽 손으로 코를 잡고 입수하여 물속 광경을 직관했다. 선생님이 웃으며 그만하고 수면 위로 올라오라며 손짓을 했지만, 승부는 정해지지 않았다. 물속의 회원들은 어떻게든 왕좌의 자리에 앉고 싶었다. 나로선 도대체 왜 그러는지 이해가 되지 않았지만, 결판이 날 때까지 기다릴 수밖에 없었다.

그때, 잔뜩 코에 힘을 준 채 버티던 회원이 물 위로 올라왔고 옆에 같이 있던 회원이 연이어 올라왔다. 두 사람은 컥컥 소리를 내고 숨을 크게 몰아쉬며 힘들어했는데 한 사람이 입을 크게 벌리며 턱턱 숨이 막히는 듯 목젖을 보이고는 어깨를 들썩이다가 중심을 잃고 그대로 물속으로 다시 사라졌다. 정확하게는 앞으로 요란하게 넘어지고 만 것이다.

항상 우아하게 수영을 해야 한다는 철학을 전파하던 그 회원이 숨 참기를 과하게 하는 바람에 몸을 가누지 못하고 넘어진 장면에서 초, 중급반 회원들이 웃지 않기 위해 입을 꾹 다무는 장면을 나는 목격했다. 결국, 있는 힘껏 참다가 실패하고 말았지만.

왜 춤을 추고 있냐는 선생님의 말씀과 함께 다시 일어선 상급반 회원은 얼굴이 빨개진 채로 어색하게 웃었다.

반대편에서 마지막으로 초급반 회원이 스르륵~ 여유 있게 물 위로 얼굴을 보였다. 조금의 흐트러짐도 없이 마치 광고의 한 장면처럼 곧게 일어서더니 손으로 뺨을 한번 쓱 닦을 뿐이었다.

상급반 회원의 굴욕은 연이어 발생했다.

잠수 2탄으로 엎드려 아래를 보며 팔, 다리를 쫙 뻗은 상태로 바닥에 몸을 닿아야 하는 동작이었다. 별 모양으로 자세를 잡아야 하는데 엎드리는 과정에서 이미 새우등처럼 물 위에 뜨는 나는 계속 등만 말다가 끝났다. 그런데 신기하게도 영화 속 스파이가 침투하는 것처럼 멋지게 안착하는 회원이 몇 명 있었다.

이번에도 상급반과 초급반의 대결이었다. 상급반의 회원들만 다른 사람으로 바뀌었다.

구경꾼의 자세로 몰려드는 현장에 꿋꿋이 숨을 참아가며 자세를 유지하던 세 명 중 첫 번째로 올라온 회원이 문제가 발생했다. 엎어진 별 자세로 올라오다가 등이 코스로프에 살짝 부딪혔는데 놀란 몸이 방어 태세로 둥글게 말았고 그 순간 제자리에서 한 바퀴 뱅글~ 돌았다. 난데없이 등장한 퀵턴에 모두의 시선이 가는 것도 잠시 또 한 번의 퀵턴이 뱅글~ 일어났고 2번의 턴을 완수한 상급반 회원이 일어났을 때 콧구멍에서 굵은 물줄기가 선명하게 두 줄이 떨어졌다.

사람들은 강렬한 그 장면에 나머지 물속의 두 사람은 안중에도 없었다. 모두 웃느라 배꼽이 빠질 지경이었다. 왜 돌았냐는 선생님의 질문에 상급반 회원은 당황해하며 말했다.

"몰라요. 놀라서 몸을 숙였는데 계속 돌잖아요~."

코로 물이 가득 들어가서 코 전체가 꽉 막힌 목소리로 말을 하는데 꼭 울먹이는 것처럼 들려 회원들은 몸을 들썩이며 웃어댔다. 어떤 회원은 오열하며 눈물을 훔치기까지 했다.

별 모양 잠수도 결국 초보반의 회원이 가장 오래 버틴 승리자가 되었다. 덤덤한 표정으로 물 밖의 사정을 들은 회원이 빙그레 웃었다.

승부욕과 열정이 넘치고 수영을 좋아하다 보니 마음과 달리 몸이 다른 인격처럼 움직일 때가 있다. 단지 열심히 수업에 참여한 것뿐인데 말이다. 하지만 속상해하지 않겠다.

나 말고도 이렇게나 남을 웃기는 탤런트를 가진 사람들이 많으니까. 껄껄껄.

초보 시절.
수영한다기보다 마구 망가지는 체험활동을 한 것 같은 날들이 많았다.
하지만 수영장에서 나가는 길, 운전 중 신호를 기다리며 창밖을 바라보면
그래도 오늘, 수영했다는 사실에 뿌듯해진다.

신세계로 입문하는 중급반

회원들의 순서 신경전

엉성하지만 모든 영법을 배우고 나면 중급반에서 번갈아 반복훈련을 한
다. 초보반에서는 몸이 물에 뜨는 것에만 온 신경을 집중했는데 그러다 보
니 정확한 동작의 의미를 몰랐다. 25m에 도착하면 쉬고 내 차례가 올 때
까지 또 쉬었다가 출발하는 식이었기 때문에 실제 연습량도 많지 않았다.

그런데 중급반의 수업은 완전 다른 세계였다. 내 몸은 겨우 물에 적셔

질 뿐인데 마음의 준비도 없이 훈련량을 채워야 했다. 선생님의 지시사항이 달라진 것이다.

"킥판 잡고 자유형 끝까지 가 볼게요."에서 "자유형 25m, 네 번 갑니다. 고고~."로 바뀐 것이다. 시간 내에 정해진 횟수를 끝내야 한다는 압박감이 무섭게 다가왔다.

그걸 어떻게 소화하냐고 구시렁대며 맨 뒷줄에서 따라다니길 5일째. 한 주가 바뀌고 나니 몸이 이상해졌는지 할만하다는 생각이 들었다. 나의 팔다리가 덜 괴로워하고 있었다. 그뿐이 아니었다. 한 달을 채우고 나니 꼴찌 자리에서 몇 칸 앞으로 당겨졌다. 순서의 차례가 달라진다는 재미가 처음 영법을 하나씩 배우는 것처럼 신이 났다. 그러다 보면 앞뒤 사람의 미묘한 신경전도 벌어진다. 내 뒤로 자리가 바뀐 회원이 불평을 터트리기도 한다.

"자기가 발차기를 너무 얕게 차니까 물이 튀어서 내가 가기가 힘들어."

얕게 발을 차는데 물이 무슨 수로 튀어서 뒷사람이 움직이기 힘들 정도로 전달되는지 이미지를 구현하고 싶었지만 불가능했다. 발차기가 약해서 물보라를 일으키는 연습 좀 하라는 소리를 듣는 나였다. 이 방법이 옳은 게 아니라 그 정도로 의식하며 발차기를 하라는 뜻이다.

그런데 물이 튀어서 방해된다는 억지에 선두 회원들이 상황을 정리했다.

"발차기 제대로 못 하는 애가 어떻게 방해되게 물을 튀어요? 그냥 속도가 빨라서 언니랑 거리 차이 크게 나는데. 그리고 지금 뒷사람들도 다 밀리잖아요. 맨 뒤로 가세요."

1, 2, 3번 회원들은 항상 먼저 도착해서 후발주자들을 기다리고 있으므로 그들의 자세를 보고 있다. 거리 간격을 파악해서 순서를 바꿔주는 것도 정리하는 편이었다. 내가 약한 비실이 이미지가 제대로 박혀 있는 탓에 그 회원은 반박의견을 내지 못했다.

실제로 그 회원의 느린 속도에 뒷사람들이 줄줄이 물길이 막혀서 수영하다 서서 걷기도 했다. 하지만 끝까지 맨 뒤 번호는 거부했고 한 달 정도 지났을 때 갑자기 몸이 좋지 않아 병원에 다닌다는 핑계와 함께 끝자리를 담당했다.

중급반에서 처음으로 '자리 부심'이라는 걸 알게 되었다. 원래 나의 순번이 있는데 그 자리를 절대 뒷사람에게 양보하지 않겠다는 뜻이다. 앞번호에 있다는 자부심을 지키겠다는 의미이기도 하다.

새롭게 아랫반에서 넘어오는 회원들이 처음에는 맨 뒤에 서지만 몇 번 수영하고 나면 앞 사람과의 속도 차이를 알게 된다. 그러면 서로 "앞에 가시죠.", "제가 느린 것 같은데 뒤로 갈게요."라는 식의 간단한 말이 오가며 순서를 바꾼다. 그런데 이때 자리를 바꿔주지 않고 모른 체하는 사람이 있다.

앞에 있는 회원이 느려서 뒤에 있는 회원이 최선을 다해 느릿하게 수영해도 길이 막히는 경우가 있다. 이 정도의 움직임이 보이면 다른 회원들도 알게 된다. 그러면 누가 먼저랄 것도 없이 자리를 바꿔야 할 것 같다며 두 사람을 번갈아 쳐다보게 된다. 하지만 자리를 내어주지 않는 회원은 절대 나를 향해서 하는 말이 아닐 것이라 단정 짓거나 아니면 뒷사람을 탓하기도 한다.

그럴 때는 선생님이나 직설적인 회원이 콕 집어 말을 해준다. 그런데도 끝까지 못 들은 척하면 그건 어쩔 수가 없다. 그렇다고 물속에서 매일같이 운동하는 사람들끼리 삿대질을 하며 싸울 수는 없는 일이기 때문이다.

좋은 조언은 피가 되고 살이 된다

중급반에서 반복훈련에 익숙해지면 어느 정도 수영을 할 수 있다는 확신이 든다. 잘한다는 게 아니라 이제 밖에서 수영을 배우고 있다는 말을 남들에게 꺼낼 수 있는 정도를 말한다.

초급일 때는 상급반 회원들이 자세에 대해 조언을 하려고 해도 할 게 없었다. 그런데 중급반으로 가니 여전히 시간 채우기에 정신없는 내게 조언이 물결치고 있었다. 각 영법을 할 수는 있었으니 눈에 보이는 단점을 가만히 놓아둘 수 없다는 듯이 수업 후에 일대일 강의가 이어졌다.

한번 해보라며 동작을 보고 평가를 하는 게 아니라 같이 해보면서 잘못된 자세를 알려주었다.

잠영으로 따라오며 물속에서 어떻게 발을 차고 있는지 분석해주는 회원이 있었고 웨이브가 잘되지 않는 나의 허리를 잡아서 눌러주며 강하게 연습을 도와주는 회원도 있었다. 너무나 적극적으로 물을 무서워하는 사람을 좋아하는 사람으로 바꾸겠다는 일념으로 도와준 사람들이 참 많았다.

중급반은 이상한 나라의 유리병 안에라도 들어간 것처럼 신세계였다. 반 분위기가 파이팅이 넘쳤고 단체로 잘 해보자는 식의 수업이었다. 도태되는 회원에게 꼭 한 명씩 누군가가 붙었고 잘난 척이 아닌 기술을 전달해 주는 것에 사명감이 있는 것처럼 열심히 가르쳤다. 누군가는 그런 방식을 불편해하기도 했지만 나는 점점 좋아지는 체력에 잘하고 싶은 의지가 활활 타올랐다.

평소 같았으면 참견을 단호하게 거절했을 텐데 수영은 예외였다. 되지 않는 동작, 동영상으로는 이해할 수 없는 자세를 남은 연습시간에 타인의 도움으로 속성수업을 듣는다면 마다할 필요가 없었다.

노력하고 즐기고 나아지는 중급반 수업은 수영을 배우는 동안 가장 즐거웠던 순간이 많은 시기였다. 결국, 합심으로 도와준 멋진 수영친구들 덕분에 나는 물을 좋아하게 됐다. 아마 오랫동안 그 어떤 것보다 가장 좋아할 것 같다.

예전에는 물을 바라보기만 하는 걸 좋아했다.
바다가 보이는 카페에서 물멍을 하며 예쁜 사진으로 남기는 게 다였다.
수영할 수 있는 사람들은 참 좋겠다며 부러워했다.
부러움의 대상이 내가 될 줄은 전혀 몰랐다.

내 가   수 영 장 에 서   배 운   것 들

반복되고

무료한 일상 속에서

신체활동으로

기쁨을 찾아내는 것이

가장 건강한 삶의 방식이었다.

재미가 없을 때도 해야 할 일은 해야죠.

왜냐하면 결과를 달성하면 엄청 즐거우니까요.

마지막에 아하! 하는 즐거움,

그거 때문에 먼 길을 참고 가는 것입니다.

로디 게인스(수영선수)

자유형, 배영, 평영, 접영 그리고 오리발

영법의 종류와 강습 과정

진도를 다 빼고 나면 내가 가장 좋아하는 영법과 싫어하는 영법을 알게 된다. 당연히 잘함과 못함의 차이다. 먼저 순서를 알아보자. 이건 비슷하겠지만 센터와 강사마다 차이가 있다.

각판을 잡은 채 자유형 발차기를 배우고 나면 그 상태로 팔 돌리기를 배운다. 곧이어 킥판을 빼고 자유형으로 넘어가는 때도 있고 나 같이 도저히 안 될 때는 배영을 먼저 배운다. 킥판 없이 배영 발차기, 즉 몸을 물에 띄울 수 있는 상태가 되고 난 후 맨몸으로 자유형을 배웠다.

자유형은 평영 진도를 나가면서도 제대로 되지 않았다. 고개를 돌리며 호흡을 할 때마다 몸이 중심을 잡지 못하고 휘청거렸다. 바닥을 보고 겨우 집중하고 있는데 고개를 돌려야 하니 물에 잠식할 것 같은 공포가 배로 돌아왔다. 애증의 자유형이었다. 무서움을 간직한 채 25m를 갈 수 있기까지 4개월은 걸린 것 같다.

그에 비해 배영은 예상외로 진전이 있었다. 나와 같이 시작했던 동기는 배영을 제일 못했는데 이유인즉 물 위에 그대로 누우면 머리가 먼저 빠질 것 같은 느낌이 싫다고 했다.

실제로 배영할 때 몸이 가라앉는 사람이 의외로 많았다. 발차기해도 다리가 가라앉는 경우가 많았는데 그러다 보니 수영장 물을 많이 먹을 수밖에 없었다. 팔까지 돌리게 되면 물로 배를 가득 채우는 격이었다.

물 공포증이 있는 내가 머리와 목에 힘을 빼고 눕기란 상상만으로도 고역이었는데 웬걸. 천장을 바라보면 일단 물속에 잠긴다는 생각이 들지 않아 생각보다 쉽게 시작할 수 있었다. 물론 귀에 물이 들어가는 느낌이 엎드렸을 때와는 또 달라 힘들었지만, 자유형보다는 비교할 수 없을 정도로 마음이 가벼웠다.

모든 스포츠가 그렇지만 시작 전 품고 있는 두려움이 가장 큰 장애물이다. 두려움이 없는 마음가짐에서 할 수 있다는 기운을 불어넣으면 우려했던 일은 벌어지지 않는다. 그리하여 배영 팔 돌리기는 수월하게 넘어갔고 곧바로 배영을 배우면서 수영으로 물 위를 느긋하게 움직이는 재미를 알게 되었다.

천장의 무늬가 움직이고 있는 걸 확인하면서 팔을 저으면 그렇게 흐뭇할 수가 없었다. 그러다 깃발이 보이면 브라보를 외쳤다. 25m를 이동했다는 뿌듯함이 자신감을 한껏 상승시켰다.

평영을 시작함과 동시에 다시 구렁텅이에 빠지는 기분이었다.

생존 수영이기도 한 이 영법의 중요성은 선생님께 누누이 들었지만, 몸이 말을 듣지 않았다. 발차기가 기존에 배운 자유형, 배영과는 완전 다른 방식이었고 팔 동작 역시 어려웠다. 다시 유아 풀로 돌아가서 발차기만 수업하는데 제일 처음 물에 뜨지도 못했던 흑역사 시절로 돌아간 것 같았다. 킥판을 잡고 배운 발차기를 해봤자 제자리걸음이었다. 다른 영법보다 정말 앞으로 나가지 않는 게 평영이었다. 여기서 발이 묶인 것 마냥 한참을 헤맸다.

집에 가서 침대 위에 엎드려 동작을 연습하고 주말에는 자유 수영을 가서 유아 풀에서 연습하고. 연습에 연습을 보탰다. 그동안 했던 모든 연습량 중에 단연코 최고의 노력을 갈아 넣었다. 100을 주어도 겨우 1을 받는 느낌이었다.

평영은 자유형보다 더 나를 괴롭힌 영법이다. 동작이 잘 구현돼야 그나마 볼만할 텐데 이건 다리의 높낮이는 항상 눈에 띄게 다르고 다리를 모을 때 전기에 감전이라도 된 것처럼 부르르 떨어 대니 추함의 끝판왕이었다. 사람이 양팔과 다리로 허우적대는 것보다 하체의 동작만으로 상대의 웃음꽃을 피우게 할 수 있다는 건 실로 놀라운 일이다. 평영은 완성되기까지 참 씁쓸한 그림을 만드는 고약한 놈이다.

그리고 물 타기. 일명 웨이브를 배운다. 접영을 배우기 전 물속으로 입수하고 힘 있게 발차기하면서 수면 밖으로 나오는 동작을 말한다.

처음에는 바닥에 닿을 만큼 깊게 들어가는 연습을 하는데 잘되지 않는다. 숨이 어찌나 짧은지 몇 초 되지도 않는 그 순간을 버거워했고 무엇보다 몸을 아래로 떨어트리지를 못했다. 접영을 하기 위해서는 웨이브가 중요한데 머리부터 상체를 숙이며 입수하는 자세에서 막히니 제대로 물을 넘나들 수가 없었다.

먼저 이해가 필요했는데 돌고래가 꼬리를 한번 차고 앞으로 나가는 장면을 떠올리며 연습했다. 고래 영법의 추진력! 계속 꼬리를 흔들지 않아도 제대로 물을 타면 앞으로 나가는 고래처럼 바른 물 타기 후 수면 밖으로 올라왔을 때 힘을 아낄 수 있다. 물론 이건 한참 지나서야 겨우 알 수 있었고 처음 배울 때는 아무리 해도 잘 되지도 않았거니와 이론적 이해도 어려웠다.

수영의 꽃이자 험난한 영법은 접영

물 타기 후, 고대했던 접영을 배운다. 수영을 정식으로 배운다고 마음 먹을 때 가장 멋지게 해보고 싶은 영법이었다. 열심히 팔 돌리기를 하고 있을 때 상급반에서 단체로 접영으로 거칠게 물살을 넘기며 앞으로 나아 가는 모습은 지나칠 정도로 멋져 보였다. 양팔을 쭉 뻗어 힘찬 발차기로 웨이브를 그리는 동작이 어찌 이상할 수 있겠는가.

하지만 이 영법 역시 초보자들이 배울 때는 많이 어렵고 험난함의 연 속이다. 다른 영법은 흉내 비슷한 거라도 내겠는데 접영은 그렇지 않다.

두 다리를 붙인 채 한 번에 힘껏 발을 차면서 팔을 돌려야 하는데 처음 에는 한쪽 팔씩 배운다. 오른쪽, 왼쪽으로 팔을 돌리되 상체를 누르며 웨 이브를 하고 발차기로 마무리한다. 한 팔 접영을 많이 연습하면 양팔 접 영 할 때 큰 도움이 된다. 자유 수영을 가더라도 양팔로 레인 가운데를 쓰지 않고 한쪽 팔씩 연습하기 좋은 동작이다.

번갈아 가며 팔 돌리기를 배우고 나면 양팔 접영을 일단 시도해본다. 하지만 말 그대로 시도다. 물을 잡아서 넘기는 게 얼마나 힘든 건지 허리 의 통증과 함께 느끼게 된다. 물을 잡는 것도 버겁고 팔을 물 밖으로 꺼 내는 동작을 하다 보면 팔의 무게를 실감하게 된다. '몸이 천근만근이다.' 라는 말을 이때 쓰게 된다. 당최 공정하게 두 팔이 사뿐히 물 밖으로 넘어가지를 않는다.

두 다리는 한 번에 발차기를 못 하고 따닥! 엇박자로 찬다. 발에 닿는 수심이건만 살려달라며 외치는 게 진짜 물속에 빠진 것처럼 보인다.

접영은 대다수가 단기간에 연습량을 늘린다 해도 기적의 성과를 나타내기 어려운 영법이다. 그래도 점점 나아졌을 때 가장 자세의 변화가 눈에 띄고 성취감이 큰 편이기는 하다. 절도 있게 물을 차고 나가는 자태는 황홀하게 아름답다.

마지막으로 영법을 다 배우고 나면 혹은 접영을 배울 때 동시에 진도가 나가기도 하는데 오리발을 착용하고 수영하는 법이다. 처음에는 가볍고 부드러운 롱 핀으로 시작하고 후에 숏 핀이나 더 강력한 추진력을 내는 길고 무거운 오리발을 사용한다.

수영을 배우다 보면 진도는 다 나갔지만, 여전히 제대로 할 줄 아는 게 없어 상심이 클 때가 있다. 이 기간이 길어지면 수태기라는 단어를 쓰는데 이때 오리발을 착용하고 수영을 하게 되면 놀라운 속도감에 수태기를 마법처럼 극복하는 계기가 될 수 있다.

처음 신었을 때는 물속에서 걷는 것도 힘들고 딱딱한 겉면에 부딪혀 다치기도 한다. 하지만 이제껏 배운 더디고 느린 수영이 슝슝 소리를 내며 전진하게 되면 바다생물로 변신한 착각이 들면서 기분이 째진다는 표현을 쓰게 된다. 매번 25m 도착 지점까지 헐떡거리며 가다가 낭창낭창

한 발차기로 몇 번 차지도 않았는데 도착하게 된다면 희열감과 동시에 자존감이 수직으로 상승한다.

센터마다 일주일에 1~2회 핀 수업이 있으니 그때마다 신나게 레인을 달릴 생각에 설레는 사람도 보았다. 비록 육지에서 단거리 달리기 실력은 꽝일지라도 물속에서 상어가 된 것처럼 쾌속으로 질주할 수 있다는 건 다른 운동에서는 맛볼 수 없는 어마한 매력이다.

이렇게 다양한 영법을 차근차근 배우고 나면 좀 더 나은 세련된 기술을 배우고 빠르고 정확한 자세로 교정한다. 자고로 수영 또한 보이는 게 중요한 운동이다.

좀 더 멋지고 프로다운 운동에 가깝게 다가가기 위해 오늘도 많은 수영인이 온몸으로 열심히 물을 젓고 있다.

야외수영장에서 자연과 함께 어울리는 수영은 특별한 힐링이 된다.
사람이 없을 때는 그동안 배운 영법을 연습하고
아닐 때는 유유자적 유영을 하며 물속에서 종일 시간을 보낸다.

수영 보조용품의 세계

수영에 필요한 도구

수영장에 가면 레인 밖 선반에 수업시간에 사용할 보조용품들이 진열
되어 있다.

가장 먼저 눈에 띄는 것은 킥판이다. 수영을 배울 때 없어서는 안 될 필
수품이고 워밍업 발차기로 강습의 문을 여는 거의 매일 함께하는 중요한
보조도구이다.

킥판에 손을 의지한 채 팔 돌리기를 하다 보면 신체 일부가 된 것 같은 착각이 들기도 한다. 팔을 한번 돌린 후 다시 잡을 때 어찌나 세게 잡았는지 손자국이 선명하게 나기도 했다. 그만큼 초보반일 때는 생명줄과 같은 존재이다.

나도 킥판을 인터넷쇼핑으로 구매해서 자유 수영을 갈 때마다 들고 다니며 발차기 연습을 했었다. 지금은 가족과 물놀이에서 필수품으로 가져가는 중요 아이템이다. 아이에게 수영을 가르쳐 줄 때 요긴하게 활용하고 있다.

수영 초보자에게 또 필요한 것이 헬퍼이다. 물에 뜨기 위해 허리에 차고 발차기를 연습할 때 사용하는데 유아, 어린이 수업에도 킥판 만큼 많이 사용한다. 예전에 한 어르신이 거북이 등딱지를 달았다며 웃으셨던 기억이 난다.

독특한 외형의 용품도 있는데 사용 빈도수는 낮았지만 나름 재미있었던 아쿠아 봉이다. 꼭 대형 수수깡처럼 생긴 용품인데 다리 사이에 끼우거나 양 끝을 잡고 엉덩이를 걸친 채 발을 차며 훈련을 한다.

수영 보조용품은 대체로 물에 쉽게 몸을 띄우거나 자세교정을 하기 위해 사용하는데 이것 또한 다리나 하체를 고정한 채 상체 드릴을 위한 여러 동작을 배운다. 연수반에서도 한 번씩 아쿠아 봉으로 채 훈련을 하기도 한다.

어느 날 거대 수수깡 뭉치가 중급반 앞에 놓이자 다들 난감한 표정을 지은 적이 있었다. 이미 접해본 사람들은 하기 싫은 얼굴이었고 나처럼 처음 본 사람들은 궁금해하는 얼굴이었다.

긴 아쿠아 봉을 가로로 발목에 걸어 다리를 고정하고 팔로만 물을 저어 앞으로 나아가야 했고 제대로 고정될 일이 없으니 단단히 발목에 힘을 줘야 했다.

시작과 동시에 여기저기서 난리가 났다. 수수깡이 빠지면서 뒷사람 머리에 부딪히고 그러다 다른 방향으로 둥둥 떠다니고. 다리 사이에 보조용품을 거는 걸 질색하는 회원들이 보자마자 한숨을 쉬었다.

나는 예상외로 수수깡을 잘 끼우고 훈련을 하는 회원이었다. 그리고 몇 번의 훈련 뒤에 아쿠아 봉을 빼고 자유형을 하니 한결 동작이 가볍고 부드러워진 게 느껴졌다.

앞으로 길게 팔이 미끄러지는 글라이딩에 대한 이해가 조금 되었다. 정신없는 수수깡 수업을 왜 하는지도 알 것 같았다.

뭐든지 지나치게 의존하면 안 되는 법

마지막으로 자주 수업시간에 등장하는 풀부이. 땅콩 모양처럼 생겨서 주로 땅콩이라고도 불린다. 허벅지 사이에 끼우거나 발목에 끼워서 자세교정을 하는 데 사용하고 아예 수업시간 전체에 활용되는 날도 있다. 하체를 고정하기 위한 용품이기도 하고 상체로만 수영할 때 많이 사용한다.

이 용품도 개별적으로 사서 따로 연습하는 회원들이 있다. 나도 보조용품 중에서 상체교정을 하는 데 가장 많은 도움을 받은 도구이다.

수업시간에 사용하는 보조용품은 대략 이 정도이지만 그 외에도 스노클이나 패들 등을 개인이 구매하여 쉬는 시간이나 자유 수영 때 사용하기도 한다.

수영 보조용품은 말 그대로 수영할 때 보조해주는 도구이다. 풀부이가 없으면 오히려 자유형이 어렵다고 한 회원이 있었다. 쉬는 시간마다 수영장에서 쓰는 것보다 두꺼운 개인용 풀부이로 수영을 했는데 막상 빼고 나면 어색하고 몸이 가라앉는 것 같다고 했다. 그래서 수업 후에라도 매일 사용을 하는 게 낫다는 주객전도된 말을 했다.

보조용품은 새로운 훈련방식이나 자세교정에 많은 도움을 주기도 하지만 지나치게 의존하면 맨몸으로 수영하는 데 방해가 될 때도 있으니 적당하게 활용하는 게 좋을 듯하다. 풀부이가 없으면 수영을 못 한다는 건 말이 안 되기 때문이다.

초보 시절.
자유 수영하러 갈 때 들고 다닌 킥판은 휴가 때마다 튜브와 같이 재등장한다.
아이의 수영을 가르칠 때 요긴하게 쓰이는 가성비 최고 용품이다.

2부

소란하고
다정한 나의
수영친구들

수 영 장 에 서   만 나 요

척 보면 무슨 반인지 압니다

수영복을 보면 초보반을 알 수 있다

초보반 시절을 보냈던 수영장은 사설 수영장이었다.

선생님이 본인 강습 역사상 제일 물 공포증이 심하다고 한 나는 어느새 영법 진도를 다 나가고 조금씩 수영을 좋아하게 되었다. 하지만 수영장이 사정상 영업 종료가 되는 바람에 새로운 곳에서 다시 시작해야 했다. 그리하여 옮긴 곳은 지역구에 있는 여러 스포츠 종목을 같이 배울 수 있는 대형 센터였다.

기존에 다닌 수영장의 규모와는 차이가 너무 크게 났다. 무엇보다 사람들. 엄청나게 많은 수영인을 만나게 되었고 온갖 경험을 하게 되었다.

어디서나 첫 시작은 어려운 법이다. 적응하는 데는 한 달 정도 걸렸지만, 곧 새로운 사람들과 어울리며 수영장 특유의 사회성을 배울 수 있었다.

상급반으로 올라가고 나니 수영장 사람들의 특징을 파악할 수 있었다. 무슨 말이냐면 몇 번 안 본 사람일지라도 어느 반 소속인지 한눈에 알아볼 수 있는 신기한 눈이 생긴다는 것이다. 사실 이건 누구나 수영장을 다니다 보면 알게 된다. 어떤 종류와 어느 브랜드의 수영복을 입었는지만 파악해도 기본은 알 수 있다.

먼저, 초보반.
대다수가 블랙 색상의 수영복을 입는다. 허벅지를 덮는 반신 수영복을 입기도 한다. 브랜드 또한 오프라인 매장에서 판매하는 것들이 대부분이다. 샤워실에서 다른 사람들의 행동을 유심히 관찰하기도 하고 아주 간혹 수모의 방향을 잘못 돌려쓴 사람도 보인다. 입수하기 전 유아 풀에서 발차기 연습을 많이 하고 정신없는 표정으로 주위를 두리번거리는 사람도 있다.

두 번째, 중급반.

이때부터는 블랙 색상의 수영복을 탈피하는 사람들이 보인다. 가장 수영에 진심인 시기이기도 하다. 동영상에서 본 수영 기술에 관한 내용으로 사람들과 많은 대화를 시도한다. 수업 후 상급반 이상의 회원들을 유심히 관찰한다. 반에서 선두그룹에 섰을 경우 윗반과 자신의 실력 차이가 별로 나지 않는다는 큰 착각에 빠지기 쉽다. 주말에 자유 수영을 가며 잘 안 되는 영법을 복습하면서 부지런히 움직인다.

자신감이 넘치기 시작한다면 상급반 이상

세 번째, 상급반.

수영복의 화려함을 알고 몸소 실천하는 때이다. 과감한 하이컷 디자인도 선호한다. 오프라인보다는 온라인에서, 또는 직구로 수영복을 사들인다. 한 센터에 오래 다녔다면 대다수 사람과 친밀하게 지낸다. 쉬는 시간에 중급반이나 같은 반 사람들의 자세에 대해 말을 하기 시작한다. 가르침을 요청하는 회원에게는 적극적으로 도움을 준다. 입수할 때 다이빙을 하면서 들어오는 사람들이 종종 있다. 수영에 대한 자신감이 기하급수적으로 올라갈 시기이다.

네 번째, 고급반과 연수반.

수력이 상당한 회원들이 많이 분포된 반이다. 그만큼 수영에 대한 자신감이 남다른 사람도 많다. 샤워실에서도 초보반이나 중급반에 있는 회원을 알아보면 자신의 수영 역사를 이야기한다. 다른 반이 오늘 배운 동작에 관해 이야기할 때 이 반은 운동량을 점검한다. 얼마큼 많은 양의 운동을 소화했는지가 중요하다. 힘들다고 얘기하는 사람도 있지만 일단 수영에 초월한 듯한 여유 있는 포스가 엿보인다. 다이빙 입수하는 사람이 상급반보다 더 많고 화려한 수영복을 입은 사람도 더 많다. 일명 우주매물. 구하기 힘든 제품의 수영복도 많이 착용하고 있다.

쉬는 시간에도 단체로 계속 뺑뺑이를 돌기도 한다.

물론 이건 모든 센터가 그런 것이 아니고 시간대별 차이점도 있다.

내가 수영을 하는 시간대는 오전반이다. 그리고 이 또한 상급반의 눈으로 본 관찰일지다. 그런데 자유 수영을 가보면 내가 연결한 카테고리 안에 많은 이가 포함된 것은 사실이다. 마스터 반이 있는 센터도 있지만 보통 초보반에서 연수반인 그들의 특징은 누구나 알만한 굵직한 몇 가지가 통일된다. 모든 사람이 같을 수는 없으니 눈에 띄는 전체적 분위기 특성을 비교한 것이다.

여기서 제일 중요한 건 다양한 개별성이 두드러지는 수영장 사람들이 더 재미있게 수영을 하는데 한몫한다는 것이다.

수모와 수영복이 다른 브랜드인데 매번 세트라는 소리를 듣는 짝꿍.
가장 애정하는 디자인 중 하나. 시원한 수영장과 어울리는 편.

사람을 묘사하는 데 탁월하십니다

까만 피부에 눈썹 하나도 없고 큰 쌍꺼풀 있는 여자

수영장을 꾸준히 다니면 다양한 연령대의 사람들과 대화가 자연스러워진다. 같은 반 사람들이 아니더라도 같은 시간대가 아니더라도 수영복을 입고 왔다 갔다 하다 보면 어느새 아파트 이웃 주민보다 더 살가운 사이가 되어 있다.

이름과 나이를 정확하게 알지 못하더라도 상관없다. 이런저런 대화를 하다가 어떤 사람을 지칭하게 되면 그 사람에 대한 묘사를 누군가가 하게 되는데 신기하게도 다 알게끔 표현을 한다.

예를 들면 이런 식의 대화다.

"여기봐봐. 종아리에 살짝 긁힌 거 보이지? 어제 뒷사람이 계속 내 발을 터치하더니 결국엔 종아리까지 손톱이 올라왔다니까!"

"세상에나……. 그런데 누구 말하는 거야? 네 뒤에 누가 서 있었는데?"

"까만 피부에 눈썹 하나도 없고 한쪽에만 큰 쌍꺼풀 있는 여자 있잖아. 파란색 땡땡이 수영복 자주 입잖아. 몰라?"

"아……. 체조 다 끝나갈 때 들어오는 그 사람?"

주로 사람의 외적 개성이나 행동의 특징으로 표현한다. 누군지도 모르게 두루뭉술하게 돌려서 말하지 않는다. 딱 떠올릴 수 있는 이미지를 잡아내는 데 이런 걸 함축적으로 짧게 묘사하면 별칭이 되는 것이다.

예를 들면 이런 식이다.

"요즘 상급반에서 그 사람이 제일 잘하던데? 잠영으로 25m 갔다가 접영 하는데 진짜 빠르더라. 하얀 피부에 눈 작고 귀엽게 생긴 얼굴. 돌고래 수모 쓰고 볼만 빨간 그 사람."

"아……. 찹쌀이? 맞아, 맞아. 우리 반 찹쌀이가 요즘 제일 잘해."

찹쌀떡같이 볼이 말랑해 보여서 그렇게 부르는 것 같은데 이런 별칭은 당사자는 전혀 모를 수도 있다. 서로 친하지 않은 사이라면 더욱 그렇다.

하지만 다른 이와 대화 할 때는 그런 식의 별칭을 붙여서 설명하곤 한다.

 수영장 빌런을 설명할 때도 척하면 척, 알아듣고 이야기를 나눈다.

 "오늘 그 사람이 또 화장실 다녀온 사이에 내 목욕 가방 위에 자기 가방을 올린 거야. 진짜 미친 거 아니냐?"

 "누구? 그……. 목소리 크고 수모 이마에 걸치고 다니는 사람 말이지?"

 "어. 내 자리에서 아무렇지 않게 씻고 있더라. 어이없어서."

 군이 이름과 별칭을 알 필요도 없는 대화다.

 묘사로 설명한 인물을 바로 알아듣고 다시 묘사로 대화를 이어가는 기술이다. 항상 안락한 샤워실 자리를 차지하려고 욕심을 부리고 큰 목소리로 자신의 존재감을 나타내는 이마에 열이 많은 회원. 이 정도의 설명이면 다른 회원들도 바로 알아챌 수 있다.

 그 외에도 이름을 알지는 못하지만 짧은 단어로 어떤 사람을 가리키는지 사람들은 신기하게 표현하고 신통하게 알아맞힌다.

 날쌘 뻥뻥이라고 불리는 회원은 매번 뻥뻥이만 하자고 하는 다리가 긴 사람으로 통하고. 평영댁이라고 불리는 회원은 헬스매니아로 평영만 잘하는 사람으로 통하고. 선출 양반이라고 불리는 회원은 어릴 적 수영선수 출신이지만 중급반에서 옛 실력을 끌어올리는 중인 노력파인 사람을 말한다.

사람들이 단번에 고개를 끄덕일만한 짧은 한 줄 요약을 특히 잘하는 회원들이 있다. 그 사람들은 매의 눈으로 타인에게 무한 관심을 가지며 관찰을 한다.

회원들이 나를 칭하는 묘사

그렇다면 다른 회원들이 나에 대해선 어떻게 표현할지 궁금해진다.

먼저 수영장에서 공식적으로 나를 지칭하는 별명은 없다. 이건 아마 대다수가 마찬가지일 것이다. 이름이나 호칭을 주로 쓰지 직접 대신할 단어를 만들어 부르지는 않는다. 그리고 연령대가 높은 성인이 많으므로 얼굴 앞에다 대고 유치하게 별칭을 부르지는 않는다.

하지만 다른 사람이 나를 설명하는 걸 들어보면 길게 풀어놓은 별칭과 비슷한 것이 있다. 이건 직접 듣기도 했고 건너 다리로 전해 듣기도 했다.

"자기 반에 그 사람은 어제 왜 갑자기 수영하다가 나간 거야?"

"누구요?"

"그……. 있잖아. 맨날 수영복 자주 바뀌는 애. 그나저나 수영복이 도대체 몇 개나 되는 거야?"

이 경우에 나는 수영복을 자주 바꾸어 입는 여자로 칭해진다. 사람들의 기대보다 물옷(수영복)이 많지 않아서 억울한 면이 없지 않아 있지만, 내 수영복 디자인이 겹치는 걸 한 번도 본 적이 없다고 말하는 회원도 있었다. (결석을 많이 한 회원일지도)

나야말로 진짜 수영복이 매일 다를 수 있기를 소망하는 여자다.

"너 말이야. 방금 인사한 사람이랑 친해?"

"누구? 여러 명 있었잖아."

"저기……. 마르고 예민해 보이는 저 사람. 싸가지 없어 보이잖아. 좀 차가운 스타일이지?"

흠……. 마르고 예민하며 싸가지가 없는 사람으로 불리기도 한다. 차갑고 예민해 보인다는 건 어떤 인상착의를 보고 그렇게 판단하는 걸까? 친한 회원에게 물어본 적이 있는데 그냥 이목구비가 그렇게 생겼다는 말로 돌아왔다.

"자기랑 친한 분. 오늘 결석했어요?"

"누구요?"

"맨날 물에 들어올 때마다 춥다고 덜덜덜 떨잖아요. 여기서 추위 제일 많이 타는 분."

이 내용은 사실이라 뭐라고 변명을 하지도 못하겠다. 수영장에서 입수할 때마다 온갖 인상을 쓰며 춥다! 는 말을 연발하는 사람은 단연코 내가 맞다.

이름을 모르거나 친하지 않거나 혹은 반갑게 인사만 나누는 회원들의 나를 칭하는 표현이다.

이중적이게도 남들이 바라보는 관점이라는 사실이 흥미롭기도 하고 조금의 불쾌함이 남기도 한다. 그래서 말인데, 흉을 보는 게 아닐지라도 듣는 사람이 기분 상할만한 묘사는 대나무숲에서만 사용하면 좋을 것 같다.(임금님 귀는 당나귀 귀~) 안 그래도 왕왕 울리는 수영장과 샤워실 안에서 생각 없이 적당한 볼륨으로 말을 하다 보면 당사자의 귀에는 적당하지 않게 들릴지도 모르기 때문이다.

무심히 내뱉는 나의 묘사를 다른 목소리로 전달받는 걸 즐기는 사람은 없을 것이다. 같이 운동하는 사람들끼리 좋은 말로 응원의 묘사만 해준다면 굳이 거부할 일도 없을 것이다.

휴일에 가 본 대나무 숲.
타인에 대한 말이 하고 싶어 미치겠다면 이런 곳에서 하면 좋을 텐데….
하긴 대나무 숲에서 말을 하면 웅웅웅 울려 퍼지니까 수영장과 마찬가지겠군.

승급될수록 올챙이 시절을 기억해라

승급된다고 좋은 것만은 아니다

상급반을 지나 고급반으로 승급된 날 기분이 마냥 좋지는 않았다. 아직 잘하지도 못하는데 떠밀려 올라가는 것 같아서였다.

수영은 겨울을 제외하고는 대체로 사람들이 항상 많다. 그 말인즉 수강 신청하기가 어렵다는 뜻이다. 기존의 회원들은 재등록 기간에 신청하면 되지만 신규로 등록하는 건 경쟁률이 상당하다. 그래서 날짜와 시간을 잊지 않고 마우스로 '광클'하는 게 중요하다.

초보반의 신규 등록을 위해 반마다 이동해야 하는데 그러다 보니 내가 속한 반에 더 있고 싶다며 눌러앉을 수도 없는 일이다. 뭐든지 비교는 상대적이기 때문에 스스로 부족하다고 생각이 들지라도 선생님이 판단할 일이다.

같은 수영장일지라도 새로운 반에 들어갈 때는 긴장을 할 수밖에 없다. 특히나 기존의 반 분위기와 완전 다른 반이라면 여러모로 어려움이 따른다. 내가 고급반으로 이동했을 시기에는 어르신들이 많은 편이었다. 수력이 30년 이상 된 분들도 있었고(물론 중간에 쉬는 시기도 있었겠지만) 대회 참가자나 선수 출신도 있었다. 그분들의 수영에 대한 역사를 매일 듣는 게 일과라고 해야 하나. 자부심이 충만한 분들이 많았다.

과거, 가장 활발하게 신체 리듬이 주를 이뤘던 시기를 계속 예시로 드는 분들이 간혹 있다. 그분들의 특징은 자신의 모습을 타인에게 비교하며 깎아내리려고 하는 점이 있다는 것이다.

"내가 네 나이였을 때는 여기 수영장 정도면 씹어 먹었어."

'씹어 먹었다'는 표현은 이렇게 벌거 아닌 소규모 수영장에서 젊은 네가 제일 잘해야 한다는 강력한 압박이었다.

반박하자면, 일단 이곳은 소규모의 센터가 아니다. 매시간 100명에 가까운 사람들이 수영하는 곳이다. 그 시간대에서 최고가(최고의 기준 또

한 애매하지만) 될 수도 없는데 전체 시간대를 다 따지면 무슨 수로 1등을 먹을 수 있단 말인가.

그리고 나는 건강과 취미생활을 위해 시작한 운동을 남들과 경쟁하며 무자비하게 실력을 쌓아 아마추어 선수단에 선발되고 싶은 계획이 없는 사람이다. 어느 정도만 해도 그런 실력의 소유자라면 제일 좋겠지만 그럴 수 없다는 사실에 분노해야 하는 일인가.

마지막으로 사람마다 신체와 운동신경은 다르다. 다니는 수영장에서 실력으로 평정하고 싶지만 그렇지 못한 실력에 가장 속상한 건 바로 나란 말이다.

조언의 방식

처음으로 엄한 꾸중 아닌 꾸중을 들었을 때의 기분은 솔직히 유쾌하지 않았다. 한참 지나서야 악의 없는 말이라는 걸 알게 되었다.

어찌 보면 실력이 한참 부족한 내게 충고와 조언을 해주고 싶었는데 방식의 차이일 수도 있겠다고 생각한다. 세대마다 그들이 전하는 언어와 행동은 다음 세대에게는 어색하거나 오해를 일으킬 만한 요소가 있기 때문이다. 나 또한 한참 어린 수영인에게 나름의 규칙이나 방법을 알려주는 날이 올 수도 있을 것이다. 그럴 땐 어떤 식으로 조언을 해야 할지 고민해봐야 할 일이다. 물론 지금 생각으로는 절대 훈계와 설교를 하지 않겠다고 다짐하지만.

　돌이켜보면 다니던 수영장과 타 수영장에서 늘 존재했다. 남들이 하는 수영에 정신 상태와 세계관까지 설명하는 사람들. 나쁘게만 볼 게 아니라 수영에 대한 진심을 전달하고 싶은 마음이 과대한 것으로 정리하고 싶다.

　타인의 눈에 흡족할 만한 수영을 할 수 있는 날이 올지 모르겠다. 당연히 거기에 맞출 의향은 없다. 나의 리듬과 연습과 열정을 담은 운동이기에 다수가 각각 다르게 말하는 어느 경지에 수긍할 필요는 없다. 조언을 듣고 참고는 하되 자신만의 수영을 묵묵히 해 나아가면 되는 일이다. 자고로 올챙이 시절을 잊고 사는 개구리가 되어서는 안 된다.

　물에 겨우 들어가서 운동 목표량을 채우기 위해 눈물겨운 연습을 했던 시절을, 조금이라도 나아진 모습에 한없이 기뻐했던 올챙이를 소환해야겠다.

수영하고 나서 물빛이 연상되는 하늘을 자주 카메라에 담는다.
수영장 가는 길이나 마치고 나오는 길에
그날의 예쁜 하늘과 마주하면 기분이 상쾌해진다.

수영은

몸에 익히는 게

생각보다 어려운 운동이다.

그래서 할 수 있게 됐을 때

또 다른 산을 넘을 수 있다는

여유가 생긴다.

그 무엇에도 한계를 둘 수 없다.

더 많이 꿈을 꿀수록 더 많은 것을 얻는다.

마이클 펠프스(수영선수)

수영장 최강 빌런들 모여라!

텃세와 비상식이 당연한 사람들

일부 이해가 되지 않는 회원들 때문에 기분이 들쑥날쑥할 때가 종종 있다.

사람들이 그놈의 고질적인 텃세 때문에 수영장을 다른 곳으로 옮기는 현상이 있다. 꼭 자기 영역표시를 하고자 하는 사람들이 있고 그 무리가 제법 커지게 되면 불편한 사람이 자연스럽게 피하게 된다.

그놈의 역사적인 수력 타령하는 사람, "라떼는 말이야~." 과거의 수영 실력을 믿고 훈계하는 사람, 자기 수영은 주제 파악 못 하고 남의 자세에 빈틈만 노리며 지적하는 사람, 동작의 정확성은 중요치 않고 오로지 빠른 속도만 최고인 줄 알고 자랑하는 사람, 수업 중 수영강사의 말을 끊고 제 방식대로 진행하며 선동하는 사람, 샤워실에 자기 지정석이 있다고 우기는 사람, 새로 온 사람에게 어디 한번 해보라는 식으로 실력 평가를 하는 사람.

정말이지 너무 많아서 A4용지 한 바닥을 다 채울 수도 있겠다.

어느 수영장에나 막강한 빌런들은 존재한다. 이건 강습생들에게만 적용되는 게 아니라 일일 입장으로 수영장을 이용하는 사람들도 포함된다.

실내수영복을 겉옷 안에 미리 입고 오는 사람, 집에서 씻고 왔다고 박박 우기며 끝까지 안 씻고 입장하는 사람, 아무리 샤워기 수가 부족하다지만 남의 샤워기를 당당하게 뺏어가는 사람, 레인 중간에 서서 부족한 영법을 연습하는 사람, 물속에서 애정행각을 몰래 하는 남녀사람, 물 밖턱 지점에 다리를 내리고 걸터앉은 채 관망하는 사람. 참으로 다양한 인간군상의 집합체이다.

이렇게나 많은 사람이 여름에 수영하기 위해 몰려온다. 마치 쓰나미가 밀려오듯이.

7, 8월의 수영장은 일단 압도적으로 무섭다. 물은 눈에 띄게 더러워지고 불쾌지수가 높아져서인지 언성이 오가며 싸우는 때도 있다. 그래서

추위에 덜덜 떨어도 사람이 적은 겨울의 수영장이 좋았다.

수업이 끝나고 샤워실에서 한바탕 난리가 난 적이 있었다.

다음 수업시간에 들어가려고 분주히 움직이는 한 회원이 반대쪽에서
샤워하던 회원에게 일방적인 공격을 당하고 있었다. 이유인즉 샴푸를 하
지 않고 머리 위에 수모를 쓰다가 딱 걸린 것! 호통을 친 그 회원은 이런
포스의 소유자였다. 영화 〈쿵푸허슬〉에 나오는 무서운 여자 실력자.

"수영장 사람들 입안으로 들어가는 물인데 머리도 안 감고 세수도 안
하면 어쩌자는 거예요!"

"씻고 왔는데……."

"그쪽은 매일 안 씻어요? 지금 어젯밤에 씻은 거 자랑하는 거예요?"

"오기 전에……."

"말 같지도 않은 소리 하고 있네. 그리고! 여기 안 씻고 수업하는 사람
이 어디 있어요!"

"씻은 지 몇 분도 안 지났다니까요."

"화장까지 한 얼굴이구먼. 당장 씻고 들어가요! 수영한다는 사람이 개
념이 있는 거야, 없는 거야!"

샤워하던 사람들이 일제히 째려보자 민망해진 그 회원이 마지못해 반
쯤 걸린 수모를 스르륵 벗었는데 여기저기서 탄식이 흘렀다. 이건 공격
을 받았다고 측은한 마음에 도와주려야 도와줄 수가 없었다.

어찌나 야무지게 머리카락을 단단히 묶었는지. 샴푸를 하고 왔다는 사람이 예쁘게 모양을 낸 올림머리 스타일이 유지된 상태였다. 바싹 마르다 못해 건조하게 정전기를 일으키는 머리카락들이 잠시 수모 안에 갇혀 있어 답답했다는 듯 몇 가닥이 삐져나와 있었다.

황급히 그 회원이 대충 샴푸와 물 샤워를 마치고 수업하러 들어가자 주변 사람들의 말소리가 여기저기 들렸다.

"씻기는 개뿔. 땀 냄새, 화장품 냄새가 진동하던데?"

"저 여자 맨날 안 씻고 들어가잖아. 다른 사람 말은 들은 체도 안 하더니 오늘은 그래도 시늉은 하네."

"화장도 다 안 지우고 들어가는 것 같던데? 상급반인데 기본 규칙도 모르는 게 말이 돼?"

수영장을 처음 다닌 사람도 아닌데 매번 그랬다는 사실은 실로 충격이었다. 눈 화장까지 당당하게 하고 입장한 그녀는 다음 날부터 강습에 나타나지 않았다.

수영장 에티켓 어렵지 않다

주말에 자수(자유 수영)하러 가면 특히 여름철에 아이들을 동반한 부모들이 많이 온다. 이건 모든 부모를 칭하는 건 당연히 아니다. 일부 개념 없는 사람들을 말한다.

이곳은 강습하는 실내 수영장이다. 워터파크가 아니고 야외수영장도 아니다. 그런데 아주 떳떳하게 샤워를 하지 않고 입장하는 가족들이 간혹 있다.

겉옷을 벗으니 수영복을 입고 온 사람과 아예 래시가드를 입은 채로 들어오는 사람도 봤다.(어린이는 래시가드 착용이 가능했던 수영장)

수영복을 입은 엄마가 래시가드를 입은 아이의 손을 잡고 탈의실에서 샤워실로 걸어오는 모습에 벗은 상태로 샤워를 하던 사람들이 단체로 고개를 돌리며 황당해했다. 이용수칙을 알려주면 이미 착용한 수영복 위에 대충 물만 뿌리는 사람도 있고 불쾌하다는 식의 반응을 보이며 꿋꿋이 그대로 입장하는 사람도 있다.

수영장에 입장할 때는 수영의 신이라 물 한 방울 삼키지 않을지라도 샤워를 해야 한다. 반드시 샤워 후 수영복을 입은 뒤 입수해야 한다. 정말 억울할 만큼 오기 전에 때 목욕을 했다고 해도 이동하는 동안 세상의 먼지 한 톨 묻히지 않을 수는 없다.

나 하나 정도 괜찮겠지라는 안일한 생각은 모두에게 쉽게 전파되니 제발 자제해주길 바란다.

그리고 참견쟁이. 그들은 자신의 영법보다 유독 타인의 영법에 관심을 가진다.

주말에 다른 수영장으로 일일 수영을 하러 가면 꼭 보게 되는 유형이 있다. 수영하지 않고 레인 맨 끝에 서서 누구 하나를 콕 찍어 유심히 관찰하는 사람이 있다. 눈에 담은 그 사람이 25m까지 와서 쉬고 있으면 곧바로 다가와 자신의 견해를 심각하게 얘기한다. 상대가 듣기를 원하지 않아도 상관없이 바로 소감이 시작된다.

"수영하는 거 지켜봤는데 팔 꺾기가 제대로 되지 않네요. 호흡할 때 고개를 너무 세우는 것 같고. 발차기랑 팔 돌리기 박자가 틀린 건 알고 있어요? 자세가 너무 엉망인데."

하필 남의 말을 끊지 못하는 예의 바른 사람일 경우 어쩌다 보니 계속 경청하며 난감한 표정으로 출발하지도 못한 채 서 있는 모습은 종종 볼 수 있는 흔한 장면이다.

어느 날 비슷한 장면을 목격한 적이 있는데 참견쟁이는 자신의 수력을 운운하며 가르침을 전달하듯 상대방의 동작에 대해 평가를 하고 있었다. 그 사람은 내가 한 시간가량 자유 수영을 하는 동안 수영하는 모습을 한 번도 보이지 않았다. 다른 사람들에게 수영강습을 말로만 하고 있었다.

그리고 다음 날. 다니는 수영장에서 우연히 마주쳤는데 깜짝 놀랄 수밖에 없었다. 중급반에서 수업 중이었고 심지어 접영을 할 때 혼자 맨 뒤에 서서 차례를 기다리다 시작과 동시에 엉뚱하게도 자유형을 하고 있었다.

그렇게나 심도 있게 영법을 전파하던 사람의 자세치고는 심각하게 부족해 보였다. 다른 수영장에서 자칭 수영의 고수라며 다른 이의 영법에 처방을 내렸던 모습이 무색할 정도였다.

마지막으로 민폐를 상식이라 여기며 행동하는 방해꾼들. 그들은 주로 무리를 지어 행동하는데 초보반에서 연수반까지 다양하게 분포되어 있다. 또는 자유 수영 이용 시에도 굉장한 존재감으로 두각을 나타낸다.

수영하다 보면 몸 상태에 따라 쉬어야 할 구간이 있다. 그럴 땐 레인 끝까지 가서 양쪽 측면에 서 있으면 된다. 그래야 다른 수영인이 25m 지점에서 턴을 할 수가 있다. 그런데 방해꾼들의 끝없는 대화 때문에 가운데 벽이나 심지어 벽 전체에 기댄 채 서 있다면 수영하던 중에 멈추어야 한다. 혹은 아찔하게 신체를 부딪칠지도 모를 좁은 틈 사이에서 턴을 하고 가야 한다. 그럴 때 오히려 그들이 못마땅한 얼굴을 내비치기도 한다.

이와 비슷한 유형이 수업 후, 혹은 자유 수영에서 맨 끝 라인을 독식하는 사람들이다.

그들은 모두가 돈을 내고 입장했는데 마치 개인 수영장처럼 사용한다. 다른 사람이 레인 끝을 향해 오든 말든 신경 쓰지 않고 동작을 가르치거나 서로의 자세가 맞는다며 시범을 보인다.

나름의 배려라고 생각한 것인지 끝에서 모든 수업을 진행한다. 무리 전체가 그렇게 소규모 강습 아닌 강습을 하고 있으면 결국 다른 사람들은 끝까지 가지 못하고 중간 지점에서 돌아가야 한다. 그중에 분명히 한 소리 하는 사람들이 있지만 크게 동요하지 않는 방해꾼들도 있다.

적반하장의 끝판왕을 본 적도 있다.

무려 일곱 명이 한 벽면을 두세 줄이나 차지하고 왁자지껄한 목소리로 수영장을 울렸는데 사람들의 건의로 직원이 주의를 시키었다. 그러자 그들은 슬쩍 양옆으로 슬금슬금 이동했지만 얼마 못 가 제자리로 돌아갔다. 이에 레인 끝까지 가지 못하고 깃발 지점에서 멈추었다가 유턴하며 돌아가던 한 사람이 참다못해 그들에게 다가가 에티켓을 지켜달라고 말했다. 그러자 일곱 명의 사람이 한꺼번에 덤비듯이 억지소리를 하기 시작했다.

"수업하는 것도 아닌데 거리를 따져가며 수영해야겠어요?"

"우리가 수영장 전체를 다 차지한 것도 아닌데 왜 그래요?"

"같이 수영하면서 그렇게 인상을 쓰고 화를 내는 건 좋은 에티켓인가?"

"자유 수영인데 이 정도도 이해 못 하면 주말에 여기 오면 안 되지."

그날의 빌런들은 그야말로 대단했다. 수영장 매너의 기준을 어떻게 잡은 건지 그들의 상식선은 따로 존재하는 것 같았다.

시선을 끄는 목소리와 내용에 잠자코 수영만 하던 사람들이 멈추어 몰려들었고 혼자 당하고 있던 사람의 말에 동조를 보냈다. 순식간에 소란스러워지자 직원이 다시 와서 상황을 살피며 눈살을 찌푸렸다. 그러자 당당했던 무리의 목소리가 작아지더니 괜히 수영장 탓을 하며 한 명씩 물 밖으로 빠져나갔다. 마지막에 나간 사람은 이런 명언을 남기며 사라졌다.

"자유롭게 수영을 해야 자유 수영이지. 하여간 예민한 사람들이 꼭 있어."

헐……. 이건 뭐라 대거리를 해야 할지도 모를 만큼 저세상의 안하무인이었다.

이 외에도 수영장의 빌런들은 아주 많다. 그리고 새로운 기법을 동반한 자들이 속출하고 있다. 그들의 공격에 진저리치며 수영장에 발을 디디지 않겠다는 사람도 있지만 나는 세상의 고비를 이겨낸다 생각하면서 내공을 쌓고 있다.

선을 넘지 않고 멀쩡한 상식을 가진 사람들이 도를 넘는 빌런들에게 밀려서 고귀한 수영장을 내어주면 안 되는 법이니까.

차로 20분 정도의 거리를 이동하며 평일 오전 주영하러 가는 길.
흐린 날이라 구름이 지면에 닿을 것 같은 날.
수영하기 딱 적당한 온도의 날씨.

다채로운 수영장 사람들

긴급 상황을 해결해주고 칭찬으로 춤추게 하는 사람들

수영장에는 독특한 사람들이 많다. 막강 빌런들만 존재하는 게 아니다.

누구보다 따뜻한 오지랖으로 주변을 훈훈하게 만드는 어여쁜 수영인들도 있다.

유난히 정신없었던 아침, 강습시간이 임박하게 수영장에 도착한 적이 있었다.

샤워를 마치고 수영복을 입고 수모를 눌러 쓰고 수경을 그 위에 올려야 코디의 완성인데 아무리 목욕 가방을 뒤져도 수경이 보이지 않았다. 차에 구비 해둔 안티포그액(수경의 김 서림 방지액)을 수경 안쪽 렌즈에 미리 뿌리고 출발했는데 그대로 좌석에 놔둔 모양이었다.

이미 체조가 시작되는 중이었고 한숨만 푹푹 나오다 그냥 씻고 집에 가야겠거니 마음을 먹었다. 그때 내 옆자리에서 샤워하던 회원이 선생님께 빌려보라는 팁을 주었다. 하지만 생각해보면 별일 아닌데 그날은 수영복을 입고 사무실로 들어가서 말을 꺼내기가 싫었다. 샤워만 하고 집에 가야겠다는 소리를 하는데 반대쪽에 있던 다른 회원이 가지 말라며 내 손목을 붙잡고는 수업을 마치고 들어온 앞 타임 회원들 쪽으로 가서 대화했다. 그러자 그 회원이 또 다른 회원에게 갔고 또 그 회원이 다른 회원에게 갔다.

갑자기 다섯 명 정도의 무리 지은 사람들이 부산스레 움직이더니 수경을 들고 내 앞에 섰다. 그들의 손바닥에는 무려 세 개의 각기 다른 수경이 놓여 있었다.

"자기, 얼굴형에 맞는 거로 골라봐요."

갑작스럽게 등장한 수경들에 내가 어안이 벙벙한 채 서 있자 손목을 잡았던 회원이 눈 위로 수경을 갖다 대며 크기를 눈대중으로 측정했다. 여전히 같이 모여 있던 다른 회원들의 시선도 내게 집중되기는 마찬가지였다. 결국, 그중에 하나를 선택하자 내 옆에서 샤워하던 회원이 수경을 휙 가져가더니 렌즈에 안티포그액을 꼼꼼하게 뿌려주었다. 그냥 씻고 가겠다는 사람을, 무려 6명의 회원이 한 몸처럼 일사천리로 움직여 수영장 안으로 밀어 넣은 것이다.

놀랍게도 그들은 나와 같은 반도 아니었고 같은 시간대가 아닌 회원도 있었으며 그저 샤워실에서 얼굴만 알 것 같은 사이였다. 어쩌다 옆자리에서 샤워하면 가벼운 묵례만 했던 사람들에게 과분한 친절을 받은 사건이었다.

같은 반 회원의 따뜻한 칭찬도 있었다.

그 회원은 엄마뻘 정도의 연령대였는데 처음에는 내가 제대로 발차기를 못 한다며 핀잔을 주셨던 분이다. 나는 그때 영법을 다 배우고 한창 수영을 잘하고 싶은 마음에 주말마다 자유 수영으로 연습량을 채우고 있었다. 그래서일까? 실력이 조금씩 나아지고 있다는 걸 언급해 주시기도 했다.

자세의 변화를 눈여겨보셨고 늘어난 체력에 칭찬을 끊임없이 해 주셨다. 여기저기 떠벌리지 않고 몰래 연습 중이었는데 알아봐 주시니 고마울 따름이었다.

"수영에 진심인 게 이뻐죽겠어. 어쩜 이렇게 열심히 하고 잘할까."라는 말씀은 나를 춤추게 했다. 유치하지만 그분의 칭찬을 더 받고 싶은 생각이 들어 연습량을 늘리기도 했다. 누군가가 나의 미약한 발전에 응원해 준다는 게 기분이 좋았다.

어느 날. 원정 수영을 갔던 수영장에서 우연히 그분을 만났는데 예전에 다니던 수영장 친구들과 같이 계셨다. 수영을 마치고 마침 나가는 중에 인사를 드렸는데 갑자기 지인들에게 나를 소개하셨다.

"우리 수영장에서 새싹 같은 존재야. 얼마나 실력이 빨리 느는지. 동작도 예쁘고 제일 잘해. 대단하다니까!"

조금은 과장된 동작으로 힘주어 말씀하셔서 그런 인물이 아니라고 부연 설명을 하지도 못했다. 잘난 자식도 남들 앞에서 그 정도로 칭찬을 하진 못할 텐데. 내 등을 한번 툭툭 치시고는 엄지손가락을 세워 주시는데 민망하면서도 뭉클했다.

새싹이라니……. 내 나이에 이토록 파릇파릇하고 청량미 돋는 단어를 어디서 들을 수 있겠는가.

수영의 달인이 지나가다 비웃을 현장에 잠시 우등생 코스프레를 하는 것도 나쁘지 않다. 그런 능력자로 포장해 주신 그분께 진심으로 감사함을 전하고 싶다.

차디찬 내 마음을 울컥하게 만든 수영인도 있었다.

수영을 배운 지 3개월이 지나 조금씩 재미를 느낄 때쯤 수업 후 남아서 연습을 계속했는데 그때마다 이런저런 수영 기술을 전달하고 싶어 하는 회원들이 몇 명 있었다.

그때의 나는 여전히 힘들게 수업을 견디고 있었기에 그런 조언이 와닿지도 않았고 그저 참견으로만 느껴졌었다. 적극적으로 배워야겠다는 반응을 취하지 않자 회원들은 못마땅한 표정으로 더는 간섭과 충고의 중간쯤인 대화를 건네지 않았다.

그렇게 혼자서 안 되는 동작을 반복 연습하다 보니 지칠 때가 있었다. 대다수가 나가고 혼자 샤워를 마친 후 집으로 돌아가면 오늘 수업도 잘 버텼다며 스스로 위로를 하다가도 외롭게 운동을 하는 게 잘하는 건지 의문이 들었다.

그날도 강습 후 연습하고 가장 늦게 수영장을 나오다가 바로 옆 카페에서 커피를 사기 위해 걸음을 옮겼다. 아메리카노를 주문한 뒤 기다리고 있는데 등 뒤에서 주문하는 목소리에 몸을 돌렸더니 수영장 상급반 회원이 서 있었다. 어색하게 인사만 나누었는데 커피가 동시에 나오는 바람에 어쩔 수 없이 주차장까지 같이 걸어가게 되었다. 그 회원은 먼저 간결한 자기소개를 차분하고 조용한 목소리로 말했다.

나보다 나이는 몇 살 어렸고 수영한 지는 일 년 정도라고 했다. 연이어 나에게 요즘 회원들의 관심이 집중되는 게 부담스러웠을 것 같다는 말을 덤덤한 톤으로 꺼냈다. 그리고 물을 무서워하는 게 안쓰러워 보여 다들 진심으로 수영장을 계속 다녔으면 하는 마음에 이런저런 참견을 한 것이라는 의외의 내용을 들을 수 있었다.

작은 규모의 수영장이라 같이 수업하는 회원 수가 비교적 적었기에 새로 등록한 회원을 유심히 살펴보기는 하지만 나쁜 의도가 아닌 동지애와 비슷한 관심이라는 것도 덧붙여 주었다. 마지막으로 그동안 연습하는 걸 지켜봤는데 처음보다 좋아진 게 너무 많다며 앞으로 진짜 잘할 것 같다는 응원의 메시지를 남겨주었다.

그녀는 강습 때 비교적 다른 회원들에 비해 침착한 타입의 사람이었다. 열심히 수영하고 적당히 사람들과 어울리던 그 회원의 나에 대한 짧은 관찰 소감이 웬일인지 기분이 나쁘지 않았다. 아니, 오히려 마음이 순식간에 따뜻해지고 말았다. 어찌 보면 그동안 수영장에서 그들에게 차갑게 굴었던 건 나일지 몰랐다.

그런데도 같이 수영을 하면 좋겠다는 말을 해준 것 자체에 그동안 나름 서럽게 물과 전쟁을 치르고 있었던 날들이 주마등처럼 스쳐 가면서 울컥하는 감정이 목울대를 치고 갔다. 같이 계속 수영하자는 말은 그때까지 참고 견디던 물속의 방황을 단단히 잡아주는 고마운 손길이었다.

때로는 잔잔한 누군가의 작은 위로가 큰 감동의 여파로 새로운 내 안의 움직임을 만들기도 한다.

나의 속사정을 모르면서 친한 척하지 말라는 식의 날 선 반응에 그저 나직한 목소리로 몇 마디의 말을 해준 그 회원이 한 번씩 머릿속을 스쳐 갈 때가 있다. 그러면 그날은 괜스레 마음이 따뜻해지면서 아메리카노를 마시고 싶다.

수영을 배우면서, 수영장을 다니면서 세상에는 별의별 인간들이 존재한다는 걸 인정하게 된다. 나와 다른 사람들이 각양각색으로 오색찬란한 개성을 마구 뽐내고 있다.

그 개성이 지나치게 타인의 상식선을 벗어나는 사람도 있고 그 개성이 우월하게 타인의 감정선을 두드리는 사람도 있다.

수영장이라는 작은 사회에서 각각의 구성원들이 다채로운 분위기를 만들어 유쾌하게 이야기를 써 내려가고 있다.

그래서 오늘도 나의 수영장 사람들과 신나게 락스물을 휘젓는다. 이 얼마나 싸하고 따끔하지만 맑고 깨끗한 유대관계인가.

수경은 얼굴형에 잘 맞아야 한다.
남들이 좋다는 것보다 내 얼굴에 밀착이 되어야 하는 법.
여러 브랜드를 바꿔가며 구매해 비교하는 게 도움이 된다.
개인적으로 노 패킹보다는 패킹 수경을 선호한다.

내 가   수 영 장 에 서   배 운   것 들

다양한 연령대와

어울리며 할 수 있는 운동이

수영이다.

세대를 통합하며

끈끈한 유대관계를

형성할 수 있다.

물은 그 무엇보다 심오하고

복잡한 방법으로

우리를 이웃과 엮는다.

존 토르슨

수영인에 비해 수영장이 부족하다

하나의 샤워기에 네 명이 씻은 경험

겨울이 지나가니 수영장에 입수할 때 더는 "앗 추워!"라며 짧은 비명을 지르고 사시나무 떨듯 덜덜거리지 않는다.

나 같이 추위를 잘 타는 사람 말고 3월에 물이 덥다고 난리 치는 사람도 있다. 물 온도가 높다며 짜증을 내는 이유는 호흡 때문이다. 몇 바퀴 돌고 나면 숨이 턱턱 막히는데 물까지 더우면 체온과 열은 오르고 더욱 숨 쉬는 게 힘들어진다. 불규칙적으로 호흡을 내뱉으면 다음 동작에서도 힘들기는 마찬가지다.

　당최 봄날의 수영장이 덥다는 건 이해가 안 가지만 어쨌거나 슬슬 사람들이 꽉꽉 들이찬다.
　사실 수영장은 겨울이 지나면 강습생이 기하급수적으로 늘어난다. 갑자기 왁자지껄한 소리에 뒤돌아보면 인원을 확인할 만큼 사람들이 많이 있다.
　최고 기록이긴 한데 한 샤워 꼭지에 네 명이 함께 씻은 적이 있다. 이건 실화다.

　3월은 여름 성수기 때처럼 눈에 띄게 확 회원이 늘어나는 달이다.
　운동을 신년계획으로 세웠지만 지키지 못한 양심을 봄이라는 분기별 타이틀로 재시작하려는 사람들이 문을 두드리기 때문이다. 사실 노출의 계절이 오기 전에 미리 몸을 재정비하기 적당한 계절이기도 하다. 그래서일까. 기존에 등록한 회원들도 겨울에는 띄엄띄엄 출석하다가 봄이 되면 자각을 한다. 더는 수강비를 낭비하지 않고 운동을 열심히 해야겠다는 계획에 돌입하게 되는 것이다.
　꽃들이 만개하고 겨울잠을 자던 동물들도 깨어나니 사람도 당연하게 움츠렸던 몸을 일으켜 세워야 한다. 사정이 이렇다 보니 기존의 회원들과 새로운 회원들이 결원 없이 합심하여 수영장에 모이게 된다.

그래서 샤워실이 미어터질 수밖에 없는 것이다. 거기에 더 추가되는 건 겹치는 시간이다.

오전 8시 반 강습생들이 50분에 마치고 바로 나오면 그 시각, 9시 반 강습생들이 부랴부랴 씻고 있을 시간이다. 9시 반 강습생들과 8시 반 강습생들이 합쳐지면 샤워 시설이 부족하게 된다. 그러면 잠시 몸에 비누칠하느라 물을 잠가둔 샤워기를 누군가가 사용하게 되는 것이다.

복잡할 정도로 사람이 많을 때 내 자리, 네 자리를 따지며 기다리면 하염없이 줄을 서다 수업 시작 시각에 들어가지 못할지도 모른다. 그래서 한 자리에 두 사람 정도가 같이 샤워를 할 수도 있다. 다만, 이러면 보통 양해를 먼저 구하고 자리에 합석하여 샤워한다.

그런데 아무런 멘트도 없이 들이닥치듯 밀고 들어와 샤워기에 손을 뻗는 알 수 없는 사람들이 있다. 문제는 이런 사람이 의외로 많아서 말하기도 입이 아플 지경이라는 거다.

평일 중 월요일은 출석률이 가장 높다.

대다수 사람은 주말 동안 평일에 고생한 자신을 위해 음식으로 달랜다. 살쪘다는 말을 가장 많이 하는 날이기도 한데 어쨌든 휴일에 축적한 음식의 열량을 모두 불태워버리겠다는 각오로 빠짐없이 강습에 참여한다. 무서운 월요일의 샤워실은 붐비는 정도가 아니다. 정말 전쟁터를 방불케 한다. 자리 전쟁, 샤워기 강탈 전쟁 말이다.

나야 이제는 그러려니 한다. 센터의 풍경을 계절에 맞추어 봐왔으니 이런 상황에 익숙해졌다고 해야 하나. 그런데 처음 등록한 사람은 그야말로 정신적 공황이 올 수도 있을 것 같다.

대혼란의 틈에 갈피를 잡지 못하고 회원들이 지나다니는 자리에 뻘쭘하게 서 있는 사람들은 보통 처음 보는 얼굴들이다. 그녀들이 운 좋게 자리 하나를 차지해서 얌전히 씻고 있을 때 하필 수영장의 터줏대감 같은, 그중에서도 빌런으로 유명한 회원이 들어와 제 자리인 양 아무렇지 않게 씻는다면. 게다가 "제가 여기서 씻고 있는데요."라는 말을 사뿐히 즈려밟고 샤워기를 쓴다면? 당혹스러움과 위축되는 감정을 동시에 느끼며 여긴 내가 있을 곳이 아니라는 생각으로 정리할지도 모른다. 수영장 텃세를 실감하며 다신 수영장에 오지 않을 수도 있다.

실제로 그런 분들도 있다. 등록은 했지만, 몇몇 회원의 비상식적인 행동에 상처받고 며칠 만에 그만두는 사람들 말이다.

나의 첫 수영장에서 같은 날 등록을 했던 A는 유난히 명랑했다. 유아 풀에서 발차기하며 덜덜거리는 내게 먼저 말을 걸어주고 긴장하지 말라며 걱정해주던 다정한 사람이었다.

그런데 한 달을 못 채우고 그만두었다. 수영장 사람들은 내가 그만둘 줄 알았는데 의외의 인물이 나오지 않자 의아해했다.

며칠이 지난 어느 날 약국에서 A를 만났고 그만둔 이유를 들을 수 있었다. 상급반에 한 회원이 샤워실에서 먼저 씻고 있는 A에게 그 자리에서 비키라고 했고 싫다고 하니 자신의 지정석이라고 우기고는 강제로 A의 목욕 바구니를 옆자리로 밀어버렸다는 것이다.

실로 어처구니없는 상황에 당황한 A는 아무 말도 못 하고 씻고 나갔다고 한다. 그런데 더 큰 문제는 다음 날 그 회원이 다른 회원에게 자신의 이야기를 슬쩍 흘리는 것을 목격했다는 것이다.

"저기, 새로 등록한 노란 수모 쓴 여자 말이야. 젊은 게 얼마나 싹수가 없는지 몰라."

도대체 어느 부분에서 싹수가 없다는 것인지 이해할 수 없었지만, 자신보다 높은 연령대의 어르신이라 그냥 참고 말았다고 했다. 하지만 수영장을 갈 때마다 따가운 눈총을 보내는 회원을 보는 일에 스트레스가 쌓여 그만두었다는 것이다.

항상 상냥하고 사교적인 A가 샤워실 자리 쟁탈 문제로 그만두게 된 건 마음이 좋지 않았다. 그놈의 지정석이 어디에 있다고. 따로 대여비를 내기라도 하는 건지 상식을 넘어선 행동이 무섭기까지 했다.

그 회원이 내게도 대뜸 새침데기 같다는 표현을 한 적이 있는데 한 귀로 듣고 흘려버렸다. 그 후에 관찰해보니 그 지정석 때문에 새로 오는 회원들과 늘 충돌이 일어났다.

샤워실의 진풍경은 어디에나 존재했다. 작은 사설 수영장에서의 일화보다 대형 센터에서 더 많은 사건이 벌어진다. 이게 다 샤워를 할 자리가 부족하기 때문이다. 자리가 여유 있으면 좋은 자리를 차지하기 위한 충돌이 벌어질 수도 있겠지만 적어도 씻고 있는 자리를 눈앞에서 강탈당하지는 않을 것이다.

정신없던 샤워실을 통과하면 이제 유아 풀과 온수 풀이 보인다. 그러나 그곳도 사람들로 꽉 차 있다. 앞 시간 회원들이 수업을 마치고 조금 더 연습하기에 인원이 빠진 다음 들어가야 하니까 그곳에서 대기하는데 진심으로 콩나물시루인 줄 알았다.

혹시 수영인이 아닌 다른 사람들이 기묘한 장면을 보게 된다면 제법 무서울 것이다. 작은 탕 안에 빽빽하게 앉아 있는 사람들의 상기된 표정을 보면 말이다.

그리고 시간에 맞춰 각자의 반으로 이동한다.

정시에 체조를 먼저 하는데 자꾸 사람들 간의 간격이 좁아진다. 뒤돌아보니 팔을 돌리기도 어려울 만큼 좁은 간격에 회원들이 들어왔다. 반마다 정원이 20명인 걸로 아는데 와……. 20명이었다.

사실 이런 날은 잘 없는데 겨울이 지난봄에 새로운 달의 첫날, 그리고 빵빵한 주말을 보낸 후의 월요일이었다. 이 세 가지가 완벽하게 충족된 날이기에 놀라운 수치로 나타난 것이다.

게다가 핀데이다. 환장할 노릇이다. 오리발을 착용하면 당연히 속도가 빠르고 사람이 많을 때는 그 속도로 인해 원만하게 운동을 하기가 힘들다. 하지만 연수반은 상관없다. 무조건 단체로 더 빠르게 돌면 되니까.

고급반에서 연수반으로 승급된 이후 속도를 못 맞추고 있는 한참 미약한 나 같은 비실비실한 회원은 오리발로 수업하는 날에는 햄스트링이 말을 듣지 않는 경험을 하게 된다.

내 몸은 가물치인가 고등어인가? 무의식이 나를 이끌며 숭숭 빠른 추진력으로 물을 넘나든다.

물은 짭짤하고 회원은 많으니 물살은 자꾸 내 콧구멍으로 들어온다. 점점 찌릿해지는 다리의 통증을 참아가며 수영을 하니 상체의 자세가 마음대로 변형된다. 아주 그냥 파도 위에서 춤을 추는 바다 위 부표처럼 감각 없이 흔들리는 것만 같다.

다리근육은 마구 꼬이고 옆 레인도 사람이 많다 보니 배영을 하면서 내 엉덩이를 때리고 간다. 아주 총체적 난국이다. 처음엔 놀라서 고개를 들었는데 그분은 모르고 갈 길을 간다. 당연한 일이다. 복잡한 레인에 가쪽으로 바짝 붙어가다 보면 그럴 수 있다. 고의로 때리지 않았을 테니까 그러려니 하는 수밖에 없다.

처음 수영을 배울 때 수영장 안에 이렇게나 많은 사람이 운동하기 위해 모였다는 사실에 놀랐다. 그리고 수영을 배우는 이들 중에 한 달 안에 그만두는 사람이 많다는 것과 상급반 이상은 수력 10년, 20년 된 수영인이 어마하게 많다는 사실에 더욱 놀랐다.

그중 가장 놀랐던 건 수영 자존감이 63빌딩 저리 가라 할 만큼 높은 회원들이 많다는 것이다.(너무 옛날 사람 같군. 63빌딩이라니!) 수력이 높은 숫자일수록 그들의 자존감도 비례한다. 하지만 실력도 상위 수준인지는 잘 모르겠다. 자신의 자세를 영상으로 본다면 대단한 고수일지라도 반성하게 될 것 같은데 어떤 확신으로 실력에 자부심이 충만한지 늘 궁금하다.

물론 영법을 다 배우고 훈련하다 보면 어? 나 좀 하는데? 라는 생각을 할 수 있다. 하지만 천만의 말씀이다.

제발 본인은 벌어진 다리로 접영 발차기를 하면서 남한테 예쁘게 다리 모아서 발차라는 충고는 하지 않았으면 한다.(이 광경은 거의 매일 보는 것 같다. 초·중급반 이들에게 윗반 사람 중 누군가가 그런다. 같은 반 사람에게 할 때도 종종 있다)

예를 들어 상급반 이상 회원 중에 이런 말로 수력을 증명하며 타인에게 인정을 받으려는 경우가 있다.

먼저 속도가 느리면서 절대 앞자리를 내어주지 않는 회원(자신의 수영 자세가 훌륭하다고 생각함)의 단골 멘트다.

"수영은 자세가 중요하지. 우리 실력쯤 되면 느리게 속도를 맞춰줄 줄 알아야 해. 빨리할 거면 대회를 나가야지, 강습을 왜 하는 거야."

그다음 영법의 자세가 괴상하게 몸에 굳은 채 빠른 속도만을 자랑하며 우쭐대는 회원의 멘트는 이렇다.

"수영은 예쁘게 하는 게 중요한 게 아니야. 단체운동인데 속도도 느리면서 왜 이 반에 와서 다른 사람 운동 안 되게 피해를 주는 거야?"

마지막으로 자세와 속도가 모두 떨어지면서 높은 수력으로만 반에서 버티는 회원의 멘트는 이러하다.

"우리가 국가대표 될 것도 아닌데 왜 이렇게 기를 쓰고 수영을 해? 운동하러 와서 스트레스받고 갈 일 있어? 쉬엄쉬엄하는 거지."

자칭 수영 실력이 상위 클래스라 말하는 대표적인 회원들의 사례만 열거한다.

그들의 너무나 당당한 애티튜드에 부끄러움은 왜 옆에 서 있는 나의 몫인가? 초·중급반 회원을 붙잡고 설교하는 광경에 실력을 갉아먹는 허세는 금물이라는 쓸쓸한 교훈은 얻게 된다.

샤워실은 부족하고 특출난 사람들은 너무나 많고. 제발 다양한 수영인들이 함께 할 수 있는 수영장이 많이 생기면 좋겠다. 사람들과의 충돌은 참을 수 있다. 다만 단독으로 샤워기를 쓰고 싶을 뿐이다. 누구의 눈치도 없이 깔끔하게 말이다.

어김없이 찾아온 봄.
수영장 주차장을 둘러싼 분홍으로 뒤덮인 벚나무들.
사람들이 너무 많아 혼을 쏙 빼놓다가도
건물 주위에 만개한 꽃을 보니 헤벌쭉 웃게 된다.

우리 사이에 호칭은요

이왕이면 언니

수영장 샤워실에서 A 씨가 건너 자리 B 씨에게 바디워시를 건네받으며 큰 소리로 말했다.

"이모 고마워요~."

이에 생글거리던 B 씨의 낯빛이 살짝 흐려졌으나 곧 표정을 재정비하고는 잔잔한 미소를 띠고 말했다.

"얘! 이왕이면 언니라고 불러. 여기선 다 언니야."

그렇다. 이것은 제법 가까워진 수영인들이 서로의 나이를 어림짐작하는 정도에서 애매한 호칭으로 말을 하다가 벌어진 난감한 상황이다.

수영장에서 통하는 호칭이 있는데 나보다 한두 살 많으면 언니, 나보다 다섯 살 이상 많으면 언니, 나보다 열다섯 살 이상 많아도 언니. 물론 모든 윗사람을 칭하는 건 아니지만 인사 이상의 간단한 대화를 나눌 친밀함이 있는 정도면 보통 통하는 호칭이다.

다시 한번 말하지만, 강요는 아니다. 그리고 친하지도 않은 사람에게 무턱대고 언니라고 부르라는 것도 아니다. 서로의 안부를 묻는 사이거나 결석 이유를 얘기하는 정도라면 적어도 수업시간에는 수영친구이다. 그런데 이모나 아줌마, 어머님, 할머니라고 부르게 되면 열에 아홉은 떨떠름한 표정을 보이거나 못 들은 척하거나 눈에 띄게 기분 나빠한다. 간혹 화를 내면서 정정해 주는 회원도 있다.

처음 수영장에서 사람들과의 관계 중 제일 적응이 되지 않는 게 바로 호칭이었다.
나보다 어린, 서른 살쯤 된 여자가 자신의 할머니뻘 되는 분에게 언니라고 부르며 대화를 하길래 깜짝 놀란 적이 있다. 상대분은 전혀 불쾌해하지 않으셨고 오히려 말끝마다 꼬박꼬박 언니라는 단어가 따라붙는 것에 매우 흡족해하는 얼굴이었다.

그런데 한두 달 지나고 사람들을 관찰할 정도의 정신머리를 찾게 되니 대다수 사람이 그렇게 부르고 있다는 걸 알게 되었다. 남자들도 제일 연세가 많으신 분이 있으면 큰 누나, 큰 누님, 왕 누님이라는 단결된 단어로 귀를 교란했다. 너무 심한 나이 차이가 아니면 대개는 젊은 호칭으로 통합하는 것 같았다.

수영장에서 보고 헤어지는 사람들이기에, 그리고 코로나 시국이었기에 수업 후에 따로 볼 수가 없다 보니 통성명을 더 잘 하지 않았다. 그러다 보니 단일화된 호칭을 익숙하게 사용한 것 같다.

사실 나는 3, 4개월이 지나서야 호칭의 세계를 인정할 수 있었다. 일단 초보반이었고 매일 억지로 힘들게 참아가며 수영장을 다니고 있었기에 누군가와의 교류를 원하지 않았다. 딱 6개월만 참아보자는 심산이기도 했고 멍청하게도 그때는 그 정도의 시간을 할애하면 영법을 다 배워서 멋진 자태로 수영할 줄 알았다.

그래도 아직 어머니뻘 되시는 분께 언니라는 호칭을 적용하지는 못한다. 왠지 결례되는 행동 같아서이다. 그리고 그 정도 연세의 분들이 보통 한참 어린 대우를 하기 때문이기도 하다.

호칭보다 중요한 건 감정이다

과연 수영장에서 서로의 얼굴을 붉히지 않게끔 하는 깔끔한 호칭 정리란 무엇일까.

벗은 상태로도 처음 본 사람에게 다가가는 게 아무 문제가 되지 않는 사람은 알 필요가 없는 사항이기는 하다. 그런 유형은 관계에서 나이를 문제 삼지 않는다. 상대가 듣기 좋아할 말을 바로 건넬 수 있는 대단한 사교성의 소유자니까.

하지만 대다수의 초보 수영인은 반죽 좋은 편이 아니다. 여기에 낯가림까지 심한 편이면 더욱 어려운 문제가 된다.

처음 수영장에 입장했을 때는 굳이 눈치를 살피며 말을 걸 필요 없이 가벼운 묵례 정도만 하면 되겠다.

눈인사만 해도 되고 지나가면서 "안녕하세요." 정도의 인사를 하면 된다.

조금 시간이 지나서 얼굴을 아는 수준이 되면 이름을 부르기도 하고 나이를 오픈해서 언니 동생의 상하 관계를 정하기도 한다. 이때도 굳이 그런 상황이 아니면 전보다 대화를 많이 하더라도 딱히 호칭을 쓰지는 않는다.

연배가 있으신 분들은 자신보다 어린 회원에게 '자기'라는 단어를 공통으로 쓰기도 한다.

수영장에서 어르신께 언니라는 호칭을 선뜻 쓰기란 여간 어려운 게 아니다. 그럴 땐 이모님을 많이 쓴다. 이모라고 부르는 뉘앙스와 님 자에 힘을 실어 예의 있게 부르는 건 차이가 있다.

짧고 강하게 "이모!"라고 하는 것보다 조금 느리면서 부드럽게 "이모님~."이라고 부르는 어감의 차이가 있기 때문이다. 간혹 여사님이라고 부르는 예도 있다.

내 경우는 둘 다 쓰지 않는다. 나는 식당에서도 이모라는 호칭을 쓰지 않기 때문에 너무 어색한 단어이다.

그래서 조금이라도 친해지기 전까지는 어떠한 호칭도 쓰지 않고 그저 대화에 정을 실어서 말을 한다. 정말 친해져서 몇 마디의 대화로도 까르르 웃을 수 있을 관계가 된다면 그분의 성함을 여쭈어본다. 그러고는 이름 뒤에 님 자를 붙인다. 좀 많이 친해진 경우는 "우리 미숙님~ 어제 왜 결석하셨어요?"라고 친근하게 먼저 대화를 연다.

이름을 불러드리는 건 괜찮은 방법이었다. 나를 보면 이것저것 많이들 챙겨주신다. 샤워실에 빈자리가 생길 때도 손목을 끌어당기시고 좋은 바디용품이 있으면 써보라고 건네주신다.

단지 그분의 이름을 어쩌다가 한 번씩 불러드린 것밖에 없는데 말이다.

사람이 말을 할 때는 음성만 전달되는 것이 아니다. 제일 중요한 감정이 오고 가는데 이 감정이라는 놈이 상당히 무섭다. 내 의도와는 상관없이 상대에게 비수로 꽂히기도 하고 완전히 다른 뜻으로 감동을 선사하기도 한다. 핸드폰 문자의 생김새로 기분을 알아채야 하는 시대에 더 왜곡되기 쉬운 게 바로 말이다.

그러니 중요한 건 호칭이 아니라는 뜻이다.

굳이 말의 이어짐이 불편할 수도 있는 호칭을 억지로 붙여가며 어색한 대화를 시도할 필요는 없다. 사람은 누구나 상대방이 어떤 식으로 나를 대하는지 눈치 챌 수 있다. 좋은 감정으로 대하는지 싫은 감정으로 가득한지 눈빛과 말투, 어감을 보고 들으면 어떤 종류의 사람으로 분류해놓았는지 파악할 수가 있다.

'거, 참……. 어려워서 수영장에서 말도 못 하겠네.'라고 생각할 수도 있겠지만 사실 이건 사회생활의 기본이다. 호칭을 따지기 전에 같이 운동하는 사람들과 기본 인사를 조금은 밝은 감정을 동원해서 건네면 좋을 것 같다.

오늘 하루 힘들지만 보람될 나의 운동 일지에 함께 할 사람들이니까.

같이 물살을 가르며 전진해야 할 더할 나위 없이 멋진 단체 운동에 말로 한몫하는 건 생각만큼 그리 어렵지 않다.

복잡하고 정신없는 날,
수영을 마치고 나오면 무조건 마셔줘야 하는 아이스아메리카노.
락스물을 정화하는 데 필수 음료.
특히 여름철에는 없어서는 안 되는 생명수.

3부

근사한 수영을
꿈꾸며
오늘도 화이팅

수 영 장 에 서   만 나 요

주말 자유 수영으로 레벨업

주말 새벽 수영은 고수 대잔치

토요일 이른 새벽에 일어나 자유 수영을 가는 사람은 대체 어떤 사람인가?

자기관리가 얼마나 철저하기에 불금을 보내고 난 다음 날, 일찍이도 물을 젓기 위해 집을 나서는지 궁금했다. 그래서 나도 도전하려 했지만, 매번 일어나지 못했다. 아침에는 수영장으로 출발할 수 있지만 푸르스름한 새벽공기를 맞이하는 건 또 다른 각오가 필요한 일이었다.

마침내 성공한 어느 날 알람을 맞추지 않았는데도 눈이 번쩍 뜨였다. 솔직히 이런 일은 자주 있다. 문제는 핸드폰으로 시간을 확인하고는 바로 눈을 감는다는 것. 그럼 이내 스르륵~ 꿈나라로 향하고 또다시 눈을 떴을 땐 그냥 아침이 시작된다. 주말 아침을 좀 더 여유 있게 시작하지 않으면 큰일이라도 날 것처럼 매번 몸을 수면 속에 가둬둔다.

그래서 늘 그랬던 것처럼 눈을 감다가 문득 5분 안에 잠들지 않으면 몸을 일으키겠다는 생각을 했다. 곧 3분이 채 지나지 않아 벌떡 일어났고 마음이 변할까 봐 성급히 양치질했다. 이렇게 의식을 부러 깨우는 날도 종종 있어야 한다.

새벽에 바깥으로 나가보니 차들로 빼곡했던 주차장이 조금은 한산했다. 벌써 하루를 움직인 자들이 이렇게나 많다니. 아마 휴일에 좋은 곳으로 놀러 갔을 거라 생각을 하며 차로 이동했다.

평소 다니던 센터가 아닌 조금 멀리 떨어진 다른 수영장으로 향했다. 일명 원정 수영.

주말 자수를 원정 수영으로 뛰는 건 자주 있는 일이다. 평일에는 기존의 수강 등록을 한 센터에서 강습을 받고 주말에는 다른 수영장의 느낌을 알기 위해 방문해 보는 것도 좋다.

그리고 나와 함께 운동하는 사람들이 아닌 처음 보는 사람들과 낯선 물에서 영법을 훈련하거나 운동량을 채우다 보면 또 다른 보람을 느낄 수 있다. 각자 개별 운동을 하지만 같이 운동을 하는 기분이 들기에 외롭지 않다. 옆 레인의 사람이나 앞에 있는 사람을 기준점으로 운동량을 채울 때면 그룹 운동을 한 것 같기도 하다.

굳이 먼 장소까지 가서 수영하는 이유는 다른 수영장은 어떤 특징이 있는지 궁금하기도 하고 그 동네 사람들의 실력을 파악하면서 지금의 내 수준이 어느 선에 걸쳐 있는지 알아보는 데 중요한 역할을 하기 때문이다. 물론 나처럼 다른 센터수강생이 오는 일도 있지만, 기존의 강습생들이 오는 경우가 더 많으므로 비교 분석을 할 수가 있다.

수영을 배우고 나서 한참 진심으로 잘하고 싶었던 중, 상급반 시절에 주말의 일일 입장권을 활용했다. 이처럼 수영이 너무 재미있을 때 주말까지 하게 된다면 실력이 향상되는 것을 느낄 수 있다. 나도 이때 조금씩 속도가 빨라지고 동작에 자신감을 얻을 수 있었다. 부단히도 노력한 결과였다.

어쨌거나 새벽에 일일 수영을 처음 간 날은 여러모로 놀라움의 연속이었다.

새벽 타임이라 하면 오전 6시를 지칭한다. 5시 언저리에 일어나야 준비하고 수영장으로 이동할 수 있다.

도착하고 샤워실에 들어가자마자 1차 충격은 새벽에 많은 사람이 수영하러 왔다는 사실이었다. 심지어 초등학생도 있었다. 겨우 한 번 새벽에 출발한 것에 스스로 대견하다며 칭찬하고 왔건만 아이는 한두 번이 아니었다는 듯 초롱초롱한 눈망울로 능숙하게 수영복을 입고 있었다.

나의 수영이 한없이 작아졌다

2차 충격은 레인에 입장하니 역시나 많은 사람이 이미 활기차게 팔다리를 움직이며 물살을 튀기는 장면이었다. 그냥 봐도 고수의 포스를 풍기는 사람들, 특히 선수 같은 접영 포스를 펼치는 남자 고수님들이 많은 것에 넋을 놓고 바라보았다. 오전이나 오후 타임에 일일 수영을 갔을 때는 거의 못 본 사람들이라 가히 충격적이었다.

한마디로 강습할 때 연수반 1번 같은 사람들이 그곳에 총출동된 느낌이었다. 수영장마다 대표주자가 새벽 6시에 고급이라고 적힌 레인 안에 그렇게 모여 있었다.

얼마나 이상했는지 안전요원에게 선수들이 주말훈련 중이냐고 물어보기까지 했다. 무림고수들이 저마다의 스킬을 뽐내며 일정한 간격을 맞추어 레인을 차지하며 돌고 있었다. 나는 어느 곳에 입수해야 하는지 고민됐다. 초보와 중급. 그리고 고급으로 나뉜 수영장에 상급은 없었다. 상급반이라 당연히 고급 레인으로 입수할 준비를 했는데 당최 들어갈 공간이 보이지 않았다. 선수 반을 방불케 하는 고수들의 잔치에 선뜻 발을 넣을 용기가 없었다. 이미 맞춰진 빠른 속도에 내가 못 따라가면 민폐가 될 것 같았다. 그리고 그들의 훈련을 엇비슷하게 흉내 내기도 힘들었다.

결국, 중급 레인에 입수하여 천천히 발차기 없이 상체 자세로만 몇 바퀴 돌고 말았다. 토요일 새벽 자유 수영의 이미지를 제대로 확인하고 온 셈이었다.

세상에는 선수가 아님에도 대단한 실력자들이 많았다. 그 사람들을 전국적으로 한데 모이게 하면 또 얼마나 거대한 무리가 될까? 이제 겨우 초보티를 벗어난 나로서는 상상이 안 될 일이다.

한껏 부족한 실력에 위축되었다가 다시 각오를 다질 수 있었다. 물고기는커녕 한낱 피라미 같지도 않은 나의 수영에 반성하게 되는 시간이었다. 그리고 좀 더 많은 연습량으로 레벨업 해야겠다는 의지가 더욱 불타오르는 계기가 되었다.

자만심이 넘치는 수영인이 있다면 주말 새벽 자유 수영을 권한다. 수많은 고수의 향연에 아마 한없이 겸손해지며 절로 고개가 숙어질 것이다.

수영 대표가 되고 싶은 마음은 충만한데 실력은 하찮다.
수모라도 대표 마크가 새겨진 디자인으로 코디하며 심심한 파이팅을 외쳐본다.

물속 자유를 위해 자유형

수영은 몸에 힘이 들어가면 망친다

 자유형은 팔다리를 끊임없이 움직이는 동작으로 추진력을 얻어 앞으로 나아가는 가장 빠른 영법이다.

 쾌속으로 내 몸의 신체 능력을 최대치로 끌어올릴 수 있어 수업이 끝날 때쯤 25m를 전력으로 질주하라는 선생님의 지시가 떨어질 때가 많다. 그리고 뺑뺑이를 한다는 표현이 있는데 보통 자유형으로 쉬지 않고 레인을 계속 도는 것을 의미한다. 자유형은 단거리와 장거리 모두 수영하기 적합해서 실제 강습시간에 제일 많이 하는 영법이다.

나 같은 경우 연수반인 지금도 잘하지 못하고 자신도 없는 영법이다. 전혀 이름처럼 자유로움을 느끼지 못한다. 그 이유는 바로 속도. 연수반 회원들의 수력을 인정할 수밖에 없는 가장 큰 이유는 자유형 출발과 동시에 빠른 속력을 일정하게 유지하며 쉼 없이 몇 바퀴를 돌 수 있다는 것이다. 심지어 정해진 운동량이 끝났을 때 별로 힘들어하지도 않는다.

나는 단거리는 그럭저럭 괜찮은 편인데 장거리로 돌입하면 200m 정도에서 체력이 급격히 떨어지면서 느릿한 거북이로 변신한다. 초반부에 에너지를 다 쓰고 중반부터 아예 힘을 쓰질 못한다. 숨을 안배하며 체력을 비축해서 끝까지 물길을 질주해야 하는데 그걸 못하고 있다. 그래서 언제나 심박 수는 평균치를 훌쩍 넘어가고 얼굴은 뜨끈뜨끈하게 열이 올라 상기 되어 있다. 왜 속도를 내기 시작하면 다급해지면서 물잡기가 제대로 안 되는 건지. 매번 이 굴레를 벗어나고 싶다는 생각뿐이다.

수영은 시작 전에 심적으로 긴장하면 망치는 운동이다. 근육이 경직되고 호흡은 불규칙적으로 변한다. 나는 "자유형 몇 바퀴~."라는 선생님의 지시가 떨어지면 팔을 물 위로 빼낼 때부터 잔뜩 힘이 들어가면서 어깨를 부자연스럽게 움직인다. 그렇게 꾸역꾸역 바퀴 수를 채우고 나면 엉망으로 운동했다는 걸 체감할 수 있다.

자유형이 잘 안 될 때는 주말에 수영장을 가서 연습하는 수밖에 없다. 이때도 신기한 광경을 볼 수 있는데 발차기를 거의 하지 않고 천천히 50m를 30바퀴 정도 도는 사람들이 있다. 다리의 힘을 아끼며 팔 돌리기로만 수영을 하는 건데 정한 바퀴 수를 마치고 나서도 얼굴색 하나 변하지를 않는다. 심지어 온화한 표정으로 미소 짓는 이도 있다.

반면에 범접할 수 없는 빠른 속력으로 30바퀴 정도를 계속 도는 사람도 있다. 이 유형은 주로 남자가 많았는데 거의 한 시간 동안 70바퀴까지 도는 사람도 보았다. 이렇게 정확하게 아는 이유는 내가 쉴 때도 그 사람은 레인을 계속 도는 중이었고 내가 수영하는 중에도 여전히 자유형 뺑뺑이를 하고 있었기 때문이다. 물속에만 있어서 운동을 마친 후에야 얼굴을 봤는데 손목에 찬 스마트워치를 확인하는 걸 얼핏 보았고 나는 숫자에 깜짝 놀랐다. 설마 했던 예상치가 사실이라는 것에 그 사람의 얼굴을 한 번 더 쳐다보니 전혀 흐트러짐이라고는 없는 단정한 표정이었다. 눈 주위에 수경 자국만 희미하게 남겨져 있었다.

내 경우 자유형 뺑뺑이 최고 기록은 딱 한 번이었던 31바퀴이다. 그것도 레인에 사람이 거의 없어서 혼자만의 느린 속도라 가능했던 수치다. 그때의 몰골은 처참함 그 자체였다. 숨소리는 거칠었고 얼굴빛은 검붉었으며 눈동자는 풀려 있는, 쓰러지기 일보 직전의 상태였다. 오죽하면 옆 레인의 모르는 사람이 괜찮냐고 물어봤겠는가.

하지만 내가 본 자유형의 달인들은 운동이 끝난 후 지나치게 고요했다. 나와 가장 큰 차이점은 바로 호흡 정리였다. 5분이 다 되도록 숨을 헐떡거리며 쉬는 사람은 나뿐이었다.

너무 싫고 발전이 더딘 영법이지만 실내 수영장 외 다른 곳에서 수영 실력을 자랑할 수 있는 건 아이러니하게도 자유형이다. 휴가 시즌에 리조트나 야외수영장, 그 외 물놀이를 할 수 있는 곳에서 잔망스러운 헤엄이 아닌 정식 코스를 밟은 자태로 은근하게 뽐낼 수 있기 때문이다.

접영은 너무 큰 면적을 차지하는 꼴이고 배영은 하다 보면 다른 사람과 부딪히기에 십상이다. 평영은 주로 얼굴을 수면 위로 뺀 헤드업 평영을 하는 데 그건 계속하면 다리가 아프다.

대다수 수영인은 자유형을 가장 좋아하고 잘하는 편이다. 그래서 압도적으로 빠른 속도가 나오기도 할 것이다. 하지만 그러다 보면 자세가 엉망으로 굳어진 채 속도에만 집착하게 될 수도 있다. 팔을 들어 올리며 팔꿈치를 꺾는 동작을 거의 생략한 채 무서울 정도로 상체를 빠르게 움직이는 사람(발차기도 거의 생략)을 보면 무슨 수로 물을 밀어 나아가는 건지 궁금할 때가 있다. 그런 회원들이 자세가 예뻐서 어디다 쓰냐는 식의 답변을 할 때면 괜히 궁금해했다는 후회가 들지만 말이다.

내가 물 트라우마를 완전히 이겨내는 끝에는 힘들어하지 않는 자유형이 있을 것이다. 고개를 돌리며 호흡해도 어느 순간 물속으로 빨려 들어갈 것 같은 촉수 같은 공포. 그 무서움이 희미해질 때 비로소 온전한 물속 자유를 느끼게 될 것 같다.

여름휴가를 대신해서 가을에 찾아간 리조트의 수영장.
무지하게 추웠던 그 날의 수영.
래시가드를 입고 자유형만 계속했던 중급반 시절의 모습.
이용객도 거의 없을 정도의 추위에 반나절을 수영해서 결국 감기에 걸림.

근성을

키워보고 싶다면

수영이

제격이다.

오늘만큼은

해낼 수 있을 것이라 생각했다.

처절하게

반복적으로 실패해라.

케이티 레데기(수영선수)

물 위를 유유히 배영

배영을 할 때는 충돌에 조심해야 한다

배영은 위를 보며 누운 자세로 물 위에 떠서 팔 돌리기를 하며 나아가는 영법이다. 다른 영법과는 달리 상하가 뒤집힌 형태로 팔을 휘저으며 발차기를 해야 한다.

수면으로 얼굴이 나와 있어서인지 많은 회원이 호흡법을 지속하지 않는 경우가 많다. 하지만 우리 반만 수영장을 통째로 쓰는 게 아니다. 옆반에서 밀려오는 물살로 인해 물을 잔뜩 코로 들이키기 쉽다. 그만큼 무방비상태에서 호로록 물을 먹어 본의 아니게 잠수를 하는 참사가 벌어질 상황에 노출될 수가 있다. 그러므로 숨을 마시고 뱉는 호흡을 계속하는 게 중요하다.

누워서 수영하다 보면 앞사람과의 간격을 확인하는 게 어려운 편이다. 나는 지금은 그 자세에서 머리만 물속으로 더 집어넣어 앞 사람의 다리를 확인하는 수준이 되었지만, 이 방법을 매번 쓰지는 않는다. 뒷사람이 빨리 따라올 때는 그럴만한 여유가 없기 때문이다. 물론 고수들은 상관없겠지만 말이다.

그렇다 보니 시야 확보가 어려워 배영을 하면 충돌하는 일이 종종 벌어진다. 사람과 사람끼리 포개지는 현상을 말한다. 앞 사람과의 간격을 두고 출발하는 게 중요한데 이것도 매번 지켜지지 않는 게 문제다.

중급반에서 수업할 때 무려 세 명이 포개지는 장면이 연출된 적이 있다.

A씨의 허벅지쯤에 B씨의 머리가 닿았고 B씨의 종아리쯤에 C씨의 상체가 올라탄 형태였다. 그 뒤 D씨는 C씨의 발끝이 머리에 닿자마자 제자리에 서서 포개진 회원들을 보며 출발할지 말지를 살피고 있었다. 이러지도 저러지도 못하는 고립된 상황이었다. 그런 장면을 보게 되면 웃음이 터지기도 하지만 남 일 같지 않아 내가 출발할 때 걱정이 되기도 한

다. 나의 속도와 다른 사람의 속도를 가늠하기는 어렵기 때문이다.

그래서 내 앞에 이성의 회원이 있을 때는 긴 거리를 두고 기다렸다가 출발하게 된다. 차라리 거리 차이 때문에 더 힘들게 팔을 저을지라도 바짝 달라붙게 되는 것보다는 나은 방법이기 때문이다.

이 외에도 옆 반의 누군가의 손이 레인을 넘어오면서 가볍거나 아님, 그보다 강한 터치로 난감하게 아플 때가 있다. 팔을 먼저 올린 후 뒤로 넘기며 물속으로 들어가는 과정에서 옆 반 회원이 내 엉덩이를 스치고 지나가는 경우도 몇 번 겪어봤다. 나의 턱 주변을 손등으로 치면서 팔을 돌려 꼭 맞은 것 같은 착각이 들 때도 있었다. 정확하게는 턱 주위의 뺨이라고 해야겠다. 말 그대로 누워 있다가 뺨 맞은 꼴이었다.

하지만 그대로 가던 길을 가야 해서 누가 그랬는지 곧바로 일어나서 확인하지 않는 이상 알 수 없다. 사실 큰 부상이 아니라면 그럴 이유도 없다. 일부러 그런 게 아니라는 걸 잘 알기 때문이다. 나도 누군가의 신체를 건드렸을 수도 있고 손톱이 피부에 신경질적으로 스쳤을지도 모를 일이다.

휴양지에서 힐링하고 싶다면 배영이 최고지

배영을 처음 배웠을 때는 가장 재미있고 앞으로 잘 나아간다는 느낌이

들었었다. 그런데 동작을 다 배우고 반이 승급될수록 어려워지는 영법이었다.

누운 자세로 진행되기 때문에 물속에선 손으로 물을 당겨 나아가는 풀(Pull) 동작이 작아지고, 물 밖에서는 팔을 앞으로 되돌려주는 리커버리(Recovery) 동작이 커질 수밖에 없다. 그러면 속도를 올리게 될 때 영법이 익숙하지 않은 사람은 중심부, 허리 쪽 균형이 무너지면서 고개까지 움직이게 되고 얼쑤~ 탈춤을 추는 것처럼 흥겹게 팔이 움직일 수가 있다.

다급해지는 마음에 팔만 좌우로 더 빨리 엇박자로 돌리게 되면 다리의 스텝도 꼬이게 되면서 오히려 추진력이 떨어지고 만다. 결국, 생각했던 것만큼 잘 나아가지도 않고 엉망인 자세로 지그재그 움직이게 된다.

이 움직임을 더 큰 형태로 그리면서 아예 옆 레인으로 넘어가는 경우도 발생할 수 있다. 초보 때 겪어봐서 아는데 정말 난감한 눈동자를 숨기기 어렵다.

그다음 난관은 무릎이다. 잘 가고 있다고 생각하지만, 무릎이 수면 위로 까꿍~ 노출되는 사람이 많다. 두 다리를 쭉 뻗은 채 발차기를 해야 하는데 다리에 힘을 거의 빼고 팔만 으쌰으쌰 휘저으며 가려고 하니 누워서 자전거 돌리기를 하는 것처럼 무릎을 구부리고 마는 것이다.

이 자세를 교정하지 않으면 다른 영법에서도 마찬가지로 똑같이 무릎을 구부린 채 수영을 하게 된다. 누워서 제대로 펴지지 않은 다리가 엎어진 자세에서 올곧게 뻗을 일은 잘 없기 때문이다.

팔과 어깨를 효율적으로 사용하여 배영을 하게 되면 허리가 시원해지고 등이 반듯하게 펼쳐져 굽은 등과 목을 바로 잡아주는 데 큰 도움이 된다. 실제로 어깨가 아파서 배영을 한다는 사람도 많다. 나 같이 컴퓨터 작업을 많이 하는 사람일 경우 쉬는 시간마다 배영을 하며 경직된 상체 근육을 말랑말랑하게 풀어주는 것도 좋은 스트레칭 방법의 하나다.

여행지에서 수영장을 이용할 때 가장 마음이 편하고 묘한 분위기에 사로잡히는 건 배영을 할 때이다. 실컷 물놀이를 하다가 물에 둥둥 의식 없이 몸을 띄운 채 하늘을 보며 유유자적 팔을 돌릴 때의 감정은 놀라울 만한 해방감이다. 골치 아픈 일을 잠시 머릿속에서 떨쳐내기에 안성맞춤인 영법이다.

대신 주위에 사람이 너무 많을 때는 자제하는 게 좋다. 휴양지에서 사람들과 샌드위치 퍼포먼스를 하지 않으려면 말이다.

팔을 움직이는 것도 싫다면 온몸에 힘을 빼고 가라앉지 않을 정도만 발등으로 찰랑찰랑 물을 차올려보시라. 아마도 시원하고 아늑한 또 다른 의미의 침대가 물 위에 펼쳐질 것이다.

수영장이 있는 호텔을 가게 되면 새벽 시간에 무조건 달려간다.
투숙이용객도 거의 없고 혼자서 고요하게 수영을 하며 영법에 집중할 수 있다.
눈 뜨자마자 배영 중인 모습이다.

새 장비 발이 필요합니다

물욕을 통제하지 못한다

인생은 욕망과 권태 사이를 오가는 시계추라고 정의한 철학자는 염세주의의 대표적인 인물인 쇼펜하우어다. 이 사람의 세계관은 삶 자체가 고통 덩어리라는 것이다.

질풍노도의 시기에 쇼펜하우어의 말들은 나에게 다 명언으로 다가왔었다. 욕망이 시도 때도 없이 급습할 시기이지 않은가? 하지만 충족되기란 하늘의 별 따기 급이었다. 그저 오롯이 내 차지가 되는 건 결핍이었다. 이어지는 괴로움에 불만투성이형 청소년이 되고 있었다.

뭐, 어쨌거나 암울한 십 대에서 내 인생관이 머물렀다는 무거운 이야기를 하려는 게 아니다. 질풍노도의 시기를 혜안으로 지혜롭게 넘겼다면 질풍 노동의 시기는 없었을 거라 후회하는 것도 아니다.

결론은 성인이 되어도 물욕을 통제하지 못하는 자는 잊었던 쇼펜하우어까지 들먹여 가며 수영복 이야기를 꺼내고 있다. 이미 장만한 수영복과 수모, 수경은 충분하지만 새로운 아이템을 갖고 싶다는 말을 진지하게 하고 있다.

상반기에는 수영에 관련된 스티커라도 절대 사지 않겠다고 다짐했는데 또 상큼한 봄맞이용 수영복을 갖고 싶었던 욕망이 금방 자라는 손톱처럼 올라오고 있다. 이럴 때 마침 등장한 새 디자인을 두고 결제를 고민하던 찰나 그 철학자가 불현듯 떠오른 것이다.

인생은 욕망과 권태 사이를 오가는 시계추와 같다.

적절하다 못해 저절로 무릎을 치게 하는 명언이었다. 괜히 역사에 남는 철학자가 아니다.

눈에 들어온 수영복을 갖고 싶다는 욕망에 시달리다 결국 결제를 하고 손꼽아 기다리던 택배 상자를 받게 된다. 두근거리는 마음을 간신히 누르고 조심스레 상자를 개봉한다. 이윽고 영롱한 자태에 마음이 설레고 화사한 빛깔에 나도 모르게 입안을 개방하고 환장하며 수영복을 시범 삼아 착용해본다.

음……. 그런데 거울 앞 내 모습이 어째 좀 아리송하다. 생각보다 수영복의 색상이 피부색과 어울리지 않는 것 같아 고개를 갸우뚱하며 다시 보니 핏은 그런대로 몸에 얄팍하게 붙어 괜찮은 것도 같다. 썩 완벽한 물옷(수영복)이 아니라는 생각을 마음 한편에 접어두고 강습시간에 게시해 본다.

그런데 새 물옷으로 강습을 하고 집에 오면 이상하게 기분이 찹찹하게 가라앉는다. 센터에서 같은 수영복을 입은 사람을 본 것 같기도 하고 아니면 착용감이 별로였는지 기억을 되짚어본다. 둘 다 아닌 것 같아 수영장에서 몇 번을 더 입어본다. 하지만 이미 발끝에 놓여 있는 권태라는 놈이 발등을 올라타고 있었다.

고작 두세 번 입어본 새 수영복이 결국 다른 것과 다를 바 없는 수영복이라는 생각에 도달하고 말았다. 그렇게 얼마 못 간 새 장비는 관심 밖으로 밀려난 헌 장비가 되는 것이다.

놀라운 건 그 변덕스러움이 진짜 빨리 찾아온다는 것이다. 하지만 더욱 놀라운 건 또 다른 디자인의 수영복에 대한 욕망이 금세 차오른다는 것!

수영복을 사서 실물을 본 후 더 마음에 들었다고 해도 오랫동안 예뻐하며 입고 다닌 적이 없다. 이상한 건지 당연한 건지 그냥 수영장에서 입고 나면 심드렁해진다.

수영복이 문제가 아니라 수영이 문제인데 실력이 도통 나아지질 않으니 자꾸 새 장비를 들이려고 한다. 설마 수영복에 날개가 달린 것도 아니고 더 빠른 속도와 지치지 않는 체력이 생길 수가 없다.

자유형 뺑뺑이를 할 때마다 힘들어하고 새로운 훈련에 버벅거리고 자세는 점점 고인 물이 되어가고 결국 흥미가 바닥까지 떨어진다. 그러다 보면 자존감이 나락으로 간다.

싱그러움을 상징하는 과일 수영복을 입고 도대체 뭐 하는 짓인가 싶다. 무난하고 평범한 디자인은 추구하지 않고 무조건 발랄하고 화려하고 귀엽고……. 점점 나와 어울리지 않는 것들에 집착하는 모습이 싫어지기까지 한다.

그러다 생뚱맞게 다시 물욕으로 염세주의적 우울감을 극복한다. 한 번도 시도하지 않았던 브랜드의 상품이 기존의 타 브랜드와는 명확히 다를 거라며 유혹의 손짓을 보낸다. 궁금한 건 못 참는 사람이라고 괜히 떠들어 대며 다시 장바구니로 보내진 새 수영복을 뚫어지라 쳐다본다.

이건 수영복에만 적용되는 마음이 아니다.

실제로 수영장에서 수영복보다 더 많이 눈에 보이는 건 수모다. 이 수영 모자를 수영복과 어울리는 종류로 매치해야 완벽한 스타일을 완성할 수 있다.

남들이 쓰지 않는 예쁜 디자인의 수모를 찾기 위해 카페에 가입해서 중고거래를 하는 사람들이 의외로 많다. 혹은 남들이 쓰더라도 부러워할 만한 수모를 가지려고 누구보다 빠르게 선점하려 다양한 방법을 동원하는 사람도 많다.

장비를 총동원하면 수영을 잘할지도 모른다

그 외 스마트워치와 골전도 이어폰도 필수 장비는 아니지만 계속 장바구니를 들락거리게 만드는 용품이었다.

스마트워치는 그전에 최소기능만 내장된 작은 제품을 쓰다가 고장이 나는 바람에 고민하다 내 품으로 들어왔다. 이 친구를 착용한 채로 수영을 하면 그날 내가 한 운동량의 결과를 화면으로 친절하게 보고해준다. 꼭 필요한 건 아니지만 운동량을 측정해서 현재 몸 상태에 맞게끔 계획할 수 있어서 좋다. 규칙적으로 운동을 하면 굳이 궁금해하지 않을 수치이기도 하지만 나같이 눈으로 보고 확인해야 인정을 하고 기분이 나아지는 사람에게는 꽤 적합한 제품이다. 운동시간, 칼로리, 운동량, 영법 분류까지 기록 측정이 되어서 수영하는 동안 뭘 했는지 모를 일은 잘 없다. 그래서 스마트워치는 아직 잘 쓰고 있는 나의 필수 아이템이다.

골전도 이어폰은 자유 수영을 할 때 좀 더 오래 쉬지 않고 레인을 돌기 위해서 구매했다. 이것도 고가의 유명한 제품이 있지만 구매한 뒤 착용감이 별로면 쓰지 않을 확률이 높기에 저렴한 제품을 직구로 구매했다. 음악을 들으며 수영하는 기분은 생각보다 훌륭했다. 물속에서는 더 크고 진한 진동이 퍼져나가듯이 소리가 전달되다가 호흡할 때 바깥으로 얼굴이 나오면 소리가 줄어드는 것 같았다. 입체적인 음향으로 귀를 호강하며 수영을 하니 가진 자의 여유를 만끽하는 착각이 들었다. 하지만 두상에 잘 맞지 않아 배영을 하면 이어폰이 마구 움직여서 불편했다. 심지어 머리에서 이탈하여 물속에 빠지기도 했다.

무엇보다 처음에는 황홀할 정도로 좋았는데 리듬에 맞춰 발차기를 따로 하며 헷갈리는 부작용이 발생했다. 수영하는 게 아니라 음악이 주가되어 온몸으로 박자를 타는 희한한 짓을 하고 있었다. 그래서 결국 이어폰은 남편에게로 보내주었다.

그 와중에 또 생각했다. '고가의 제품이었더라면 괜찮지 않았을까. 신제품이 아니라서 크게 나온 건 아닐까.'라는 얄팍한 상술에 넘어갈 만한 구매 욕구가 꿈틀거렸다.

이렇게 수영용품에 집착하는 이유는 뭘까?

첫 수영복에 대한 기억은 엉망진창이었다. 헐렁한 3부로 된 반신 수영복이었는데 그냥 수모와 수경이 3종 세트로 된 제품이었다. 그때는 한 달 안에 그만둘 것이라 확신했기 때문에 그저 골치 아프게 고민하기 싫어서 고른 거였다. 수영복을 딱 맞게, 아니면 더 빡빡하게 입어야 물속에서 내 몸에 착 달라붙어 불편함 없이 수영할 수 있다. 맨몸에 쑥 들어간다면 너무 큰 치수다. 그런 옷을 입고 들어갔으니 펄렁펄렁~ 배 쪽은 천이 우글거리고 물이 수영복에 들어와 훨씬 무게를 더하면서 한없이 물속으로 가라앉는 기분만 더해졌다.

수영을 계속하겠다고 결심한 이후 주기적으로 수영복을 샀다. 다음 단계로 넘어갈 때, 연습해도 늘지 않는 실력에 우울해질 때, 누군가가 예쁜 수영복을 입고 왔을 때, 계절이 바뀔 때, 브랜드 세일이 시작됐을 때, 자신감에 우쭐댈 때. 이유가 될만한 순간은 많았다. 그때마다 갖고 싶은 수영복을 사고 모았다.

솔직히 큰 의미는 없다. 그냥 여러 디자인의 옷을 입고 싶은 것처럼 수영복 또한 마찬가지였다. 어제의 내가 오늘 더 수영을 잘할 수도 못 할 수도 있다. 그런데 한 가지 수영복만 입고 있으면 괜히 수영을 계속 못할 거 같은 기분이 들었다. 굳이 비겁한 핑계를 대자면 그렇다는 거다. 장비에 의존해서 마음가짐이라도 다 잡아보자는 얄팍한 변명이다.

그나마 다행인 게 요즘에는 관심이 줄었다. 더는 장비 발로 수영이 늘지 않는다는 걸 체감했다. 아니, 그건 진작부터 알았으니 인정한 거라고 봐야겠다. 이 체념이 얼마나 갈지는 모르지만 어쨌든 시계추 같은 마음은 항상 내 안에 잠식하고 있다. 욕망과 권태를 오가는 시계추 같은 사람은 나 말고도 여럿 있다는 것에 동질감을 느끼며 수영복을 정리해본다.

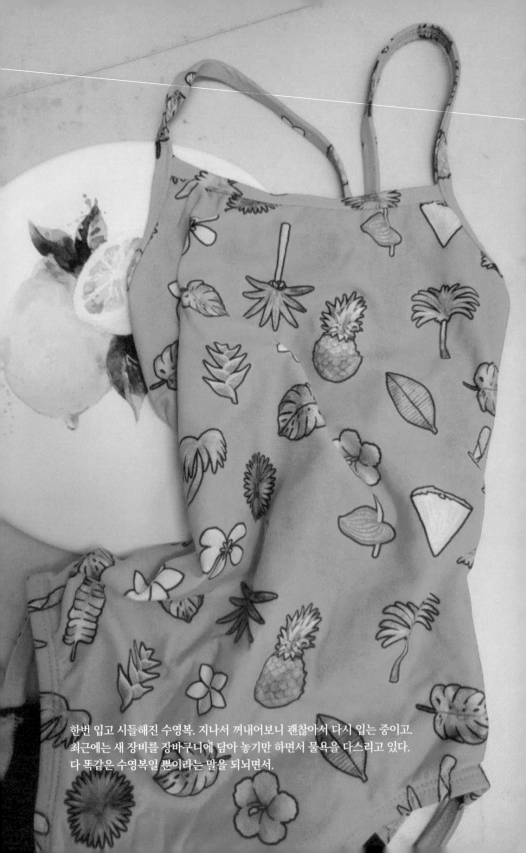

한번 입고 시들해진 수영복. 지나서 꺼내어보니 괜찮아서 다시 입는 중이고.
최근에는 새 장비를 장바구니에 담아 놓기만 하면서 물욕을 다스리고 있다.
다 똑같은 수영복일 뿐이라는 말을 되뇌면서.

봄 개구리 같은 평영의 달인

가장 많은 연습량을 뽐냈던 평영

경칩이 좀 지났지만, 개구리가 펄쩍 뛰어올라 깨어나는 봄에 딱 맞는 영법. 일명 개구리헤엄이라고 불리는 평영이다.

평영은 다리를 개구리처럼 양옆으로 펼쳐 밀어내며 추진력을 얻는 영법이다. 영화에서 보면 남녀 주인공이 수영장에서 느긋하게 관심을 표현하며 서로 다가갈 때 평영으로 쉬엄쉬엄 헤엄을 치는 장면이 종종 등장한다. 멋모르고 볼 때는 가장 배우기 쉬워 보였다. 주인공들이 에너지를 전혀 쓰지 않는다는 듯이 평온한 얼굴로 대사까지 치르고 있으니 말이다.

결론은 대단한 착각이었다.

평영에서 가장 중요한 것은 뭐니 뭐니 해도 발차기. 이 발차기라는 난관을 넘는 게 몹시 어렵다. 자유형과 배영은 팔 돌리기만으로도 쭉 앞으로 나아가고 접영 같은 경우도 웨이브를 잘 타면 어느 정도 갈 수 있다. 상체의 동작만으로도 움직일 수 있다는 뜻이다.

그. 러. 나. 우리의 개구리영법은 쉬운 놈이 아니다. 발차기의 추진력이 6~70% 차지하기 때문에 정확히 못 차면 전진하는 느낌을 오랫동안 경험하지 못한다. 네 가지 영법 중 가장 느리고 지속적인 추진력이 나오지도 않는다.

나도 처음에 배영을 배울 때 "앗싸! 쉽고 재밌네."를 외치며 자신감을 얻고 다음 영법에 도전했는데 평영을 배우는 첫날 철저하게 바닥으로 떨어졌다.

이건 뭐 발을 차도 앞으로 나가지도 않고 그 전에 꼬르륵 가라앉으니까 무슨 동작을 하려야 할 수가 없었다. 무릎과 발목을 직각으로 모양을 만들어 뒤로 모았다가 바깥으로 벌리면서 다리를 붙여 쭉 펴주는 동작을 지상에서 배우는데 민망함 그 자체였다. 물속에서 해봐도 마찬가지였다.

하나, 둘, 셋 숫자까지 세어가며 선생님의 동작을 따라 해봤지만 연결되지 않고 딱딱 끊어지기를 반복했다. 발차기의 모양새를 완성하지 못하다 보니 뒤에 배우는 상체 동작은 할 수가 없었다. 양손으로 하트를 그리며 물을 잡고 싶었다만 그 동작의 차례가 오지 않았기 때문이다. 그때마다 선생님이 생존 수영이니 바다에서 빠져 죽기 싫으면 무조건 연습하라며 강하게 정신승리를 요청하셨다. 아마도 이때 제일 많은 수영 동영상을 시청한 것 같다. 진짜 눈이 뻑뻑해질 만큼 자주 봤다.

봄을 알리는 개구리처럼 수영해도 그다지 아름다운 영법이 아닌데 짝다리 개구리가 절뚝거리는 것처럼 허우적대는 꼴은 우스꽝스러움의 결정체였다. 추한 동작에 위축되는 날들의 연속이었다. 그러다 보니 악에 받친 것처럼 여러 방법을 시도해보았다.

동영상과 선배들의 조언 중 가장 나한테 맞았던 건 킥판을 잡고 발차기 연습을 무한 반복하는 거였다.

발을 바깥쪽을 향해 완전 틀 수 있는 자세를 미리 만들어라. 발차기 박자를 맞추며 마지막 발끝을 야무지게 모아 마무리해라. 다리가 모이기 전까지 무릎을 완전하게 펴서는 안 된다 등……. 여러 이론적인 내용보다 발차기 연습을 미친 듯이 계속하는 게 효과적이었다. 당연히 그 내용을 이미지트레이닝 하면서 연습을 이어가야 한다.

한 놈만 팰 거라는 어느 영화 속 대사처럼 '평영만 팰 거야.'라는 각오로 한 달 동안 강습 전, 후로 무조건 킥판 발차기만 했다.

진짜 한 놈만 그렇게 패니까 놀랍게도 평영이 되고 있었다. 개구리 다리의 모양으로 어느 정도 흉내를 내며 앞으로 나아갈 수 있었다. 그때의 쾌감은 이루 말할 수 없을 정도로 시원했다. 자신감을 등에 업고 얼굴을 물 밖으로 빼고 하는 헤드업 평영도 팼다. 그 한 놈만 집요하게 계속 팼다. 정강이가 너덜거리는 아픔의 연속이었지만 참아가면서 될 때까지 연습했다.

그리고 어느 순간 여유만만한 표정으로 헤드업 평영을 할 수 있게 되었다. 그러자 선생님이 웃으며 말했다.

"이제 인명구조도 하겠네~. 재능을 찾았네요."

여전히 평영의 달인으로 가는 길은 멀다

그리하여 현재 내가 가장 좋아하는 영법은 평영이다. 컨디션이 좋은 날에는 자유형보다 빠른 속도로 앞을 치고 나아간다. 몸에 익히고 나니 체력소모가 적고 숨 쉬기가 쉬워 다른 영법에 비해 편한 수영이라는 걸 알게 됐다.

호텔 야외수영장에서 물속에 얼굴을 처박지 않고 부드럽게 헤드업 평영을 하면 괜히 의기양양해진다. '나 수영 배운 사람이야~.'라는 우월한 느낌이 충만해지는 것이다.

평영에 자신 있어 하며 평영 위주로 수업하는 날을 손꼽아 기다리던 나는 또 한 번 좌절을 맛보았다. 한 팔 평영이나 주먹을 쥐고 하는 평영은 너무나 편한 훈련이었다는 걸 깨닫게 해주는 시간이었다. 처음 해본 자세에 수영장 물을 왕창 들이켜며 컥컥 괴로운 숨소리를 내기까지 했다.

바로! 양손 엄지손가락을 교차시켜 걸고 손바닥을 편 상태로 헤드업 평영을 하는 동작이었다. 뻗은 팔을 고정한 채 발차기로만 앞으로 나아가라는 건데 얼굴을 물속에 못 넣으니 꼼수를 부릴 수도 없었다. 빠르고 짧고 강하게 발을 차면된다는 선생님의 간결한 요구에 "잘 알지만, 하반신이 그렇지 못한다는 게 유감입니다."라고 대꾸하고 싶었건만 물이 찰찰 입으로 건방지게 선수 치며 들어왔다. 생소한 동작에 다른 회원들도 끝까지 가지 못하고 중간에서 멈추기를 반복하며 뒤 차례가 밀려 기다려야 했다. 짧고 잦은 발차기로 정강이는 덜덜거리는 경운기처럼 흔들리고 바퀴 수를 세어가며 끝나기만을 기다리는 한숨 섞인 목소리가 여기저기 들려왔다.

그렇게 몇 바퀴 돌아 도착하니 곡소리가 저절로 나오고 다리는 계속 후들거렸다. 나는 "아……. 아직 멀었구나." 낮은 탄식과 함께 한 대 뒤통수를 맞은 것처럼 얼얼한 기분이었다. 조금만 다른 변형 동작에도 과하게 몸과 정신이 흔들리며 겨우 영법을 흉내 내는 한참이나 부족한 실력이었다.

평영이라는 개구리 같은 놈은 역시 호락호락한 놈이 아니었다.

수영은 하면 할수록 실력을 평가할 때 미로에 갇힌 것처럼 답답해지곤 한다. 하지만 빠져나가고는 싶은데 사방이 막혀 있는 지지부진한 기분을 털어내려면 결국 또 수영이 답이다.

그래서 봄 개구리 마냥 평영의 달인을 꿈꾸며 오늘도 수영하기 위해 수영장으로 향한다.

가을의 어느 날, 바닷가에서 평영을 하는 사람을 봤다.
파도와 상관없이 얼굴을 물 밖으로 빼고 멋지게 헤엄치는 모습은 감탄스러웠다.
여름이 아니라도 바다 수영을,
그것도 평영의 달인으로 장식하는 내 모습을 상상해보았다.

물길을 헤쳐 나가는 연습은
오롯이 자신만의 과제이다.

될 때까지 묵묵히 해나가면
나에게 강한 승부욕이 있었다는 것을 알게 된다.

물은 부드럽게 모든 것을
피해서 흘러갈 수도 있고
강하게 부딪혀서 무언가를 부술 수도 있다.
그렇기에 물 같은 사람이 되어라.

이소룡

저병이 아닌 접영의 신

경이로움 그 자체 접영

힘들지만 멋진 동작으로 사람들의 입을 쩍 벌어지게 하는 영법. 새가 날개를 펼치는 형상으로 양옆으로 팔을 올려 물 위로 기가 차게 등장하는 일명 '버터플라이' 자세로 수영인들의 눈을 홀리는 접영이 되시겠다.

수영장에서 처음으로 접영을 하는 회원을 봤을 때의 놀라움은 경이로움 그 자체였다. 아무것도 모르는 사람이 봐도 엄청난 힘이 필요한 것 같았고 동작이 크고 유려했다. 두 다리로 시원하게 물을 차고 수면을 건너 뛰는 모습이 그렇게 휘황찬란하게 보일 수가 없었다.

몇 달 뒤면 저렇게나 멋진 영법을 배울 수 있다는 환상이 기분 좋게 자리 잡았다. 가장 어려운 영법이라는 건 익히 들어 알고 있었지만, 볼거리에 눈이 멀어 아둔하게도 잊고 있었다.

마침내 접영 진도를 나가는 순간이 찾아왔고 두근대는 마음을 좀처럼 다스리기 어려웠다. 진정한 수영인의 길로 첫발을 내딛는 기대였다.

하지만 헛된 기대는 그보다 큰 절망으로 돌아오는 법. 접영을 배우며 이건 내 체력에서 뽑아낼 수 없는 기준치라는 걸 깨닫는 데는 그리 오래 걸리지 않았다.

나는 미친 듯이 수영하고 있는데 선생님이 놀란 얼굴로 앞으로 와서 동작을 멈추게 한 적이 있다. 무슨 말이냐면 접영을 하고 있는데 살려달라는 구호를 보낸 줄 알고 황급히 왔다는 우스개 농담을 한 것이다.

그것뿐만이 아니다. 일명 만세 접영.

일단 물잡기에 겨우 성공해서 물 밖으로 팔을 꺼내어 던졌다고 생각하지만, 현실은 팔이 앞으로 간 게 아니라 위로 솟구친 자세가 된다. 얼굴은 심하게 일그러져 있는데 만세를 외치는 꼴이라니. 거기에 "하이파이브!"를 외치며 달려와 손뼉을 치는 친한 회원의 놀림에 수영장의 많은 사람이 웃어 대며 동시에 옆 사람과 하이파이브를 했다.

비단 나에게만 허락된 웃긴 장면은 아니다. 접영은 험난함의 연속이고 우스움의 퍼레이드다.

그럴싸한 동작을 보이기까지 상당한 시간이 걸리는 인내의 대명사이다.

그때까지는 비상하는 야생의 새가 아닌 친근하게 과자를 물기 위해 날개를 구부리는 갈매기로 변신한다. 두 팔을 펼치는 게 아니라 겨우 꺼내는 동작으로 마무리하게 되는 것이다.

그래서 접영을 배우면 "저……. 병날 것 같아요. 접영을 못 하는 병."이라는 뜻의 저병이 완성된다. 저병에서 접영이 되기까지 얼마나 많은 시간과 노력을 투자해야 할지 막막하기만 한 세월이 길게 이어진다.

파워풀한 접영을 꿈꾼다

그럴 때는 상급반 이상의 1, 2번 선두주자가 하는 영법을 관찰하는 것도 좋은 방법이다. 그들은 각자 조금씩 스타일은 다르지만 공통된 자세가 있었다.

얼굴을 물 밖으로 높게 빼지 않고 입안을 크게 열지 않았으며 아예 물속에 잠긴 채 무호흡으로 25m를 가는 회원도 있었다. 그리고 돌핀킥. 양발을 출발지점 벽면에 탁! 치고 나간 뒤 위로부터 아래로 누르듯이 발차기하며 전진하는 동작인데 아주 길게 물속에서 돌고래처럼 꿀렁거리다 물 밖으로 나왔다.

　나름으로 열심히 직관했지만 내 몸에 적용되기까지는 아주 오랜 시간이 걸렸다. 솔직히 지금도 잘하고 있지는 않다.

　다만 만세를 외치지 않고 SOS를 요청하지 않으며 갈매기 흉내를 내지 않는 것은 성공한 것 같다. 하지만 여전히 한 번에 50m 이상을 가기에는 버겁고 심장이 터질 것처럼 숨쉬기가 힘들다. 무호흡으로 가는 게 효율적이라고 하지만 그렇지 않은 사람도 있다. 숨을 안 쉬면 두통에 시달리는 나 같은 사람도 있기 때문이다.

　접영을 잘하기 위해서는 웨이브가 중요하다. 물의 흐름을 따라 몸을 부드럽게 웨이브를 타야 하는데 이 자세도 처음에는 전혀 감이 오질 않는다.

　입수할 때는 엉덩이가 물 위로 나오게 몸을 구부리고 출수 시에는 일자로 만들어 물을 차고 나와야 하는데 그걸 연습하는 과정에서 꿈틀이의 대장정이 시작된다. 웨이브라고 하니 허리와 등에서 어떻게든 라인을 잡아보려 노력을 많이 한다. 그러다 보면 이상한 자세로 꿈틀대다 부르르 발끝을 떠는 부적절한 모양새를 만든다.

　웨이브는 가슴과 등 부분을 누르듯이 시작하라고 선생님과 고수들이 누누이 말한다. 이 동작을 강조하면서 밖에서 벽에 손바닥을 갖다 대고 시범을 보이며 따라 하기를 권하는 회원이 있었다. 될 때까지 시키는 회원이었는데 샤워를 하는 중 손을 거울에 집고 웨이브를 하는 게 너무 웃겼지만, 묵묵히 따라 했던 적이 있다. 솔직히 그 방법이 도움이 됐는지는 잘 모르겠지만.

내 경우에는 접영이 가장 많은 사람의 의견을 듣고 따라 했던 영법이었다. 잘할 방법을 수없이 시도해봤지만, 실패로 돌아간 적이 너무 많아서였다. 동영상에서 알려주는 팁도 실제로 적용할 수 있는 사람의 동작을 봐야지 조금이라도 이해가 되었기 때문이다. 무슨 영법이든 아무리 고민하고 움직여봐도 안 될 때는 수영장에서 직접 실력자의 도움을 받는 게 낫다.

언젠가는 파워풀한 접영으로 야성적인 수영인의 매력을 뽐내는 날이 올 거라는 황홀한 상상을 해본다.

수영장으로 가방을 흔들며 가는 길에 본 하늘.
수업 전에 맑은 날씨를 확인하고 입장하면
왠지 오늘의 수영이 잘 될 것 같은 예감이 든다.

알코올 섭취와 다음 날 수영의 관계

맥주 한 캔이 정량인 나

기분 좋게 즐길 수 있는 정도의 술을 마시면 하루의 피로가 심적으로 풀린다.

수영 때문에 평일에는 되도록 마시지 않으려 노력하지만 그렇지 못할 때가 있다. 나는 알코올 해독 능력이 탁월한 편이 아니다. 그렇다고 엄청 난 주량을 뽐내는 타입도 아니다. 맥주 한 캔이 딱 정량이다. 간혹 분위 기가 너무 좋거나 안주가 기막히게 맛있어서 두 캔을 마시게 되면 골치 아프게 된다. 말 그대로 두개골이 흔들거리는 것처럼 머리가 아프다는 뜻이다.

경험치로 두 캔은 위험하다. "오늘 술이 잘 받는데? 하나도 안 취해!" 라는 잘못된 의사를 뇌로 전달하면서 또 마시는 행위를 이어 갈 수 있다. 그 시발점이 두 캔을 넘기는 순간이다. 그나마 맥주를 마시면 좀 낫겠지만 선물 받은 와인을 건드리게 되는데 그야말로 대참사가 벌어진다.

한 병을 따서 다 비우는 게 목표인 듯 연이어 따라 마셔버린다. 적당한 바디감에 상큼한 포도 향이 혀끝을 맴돌다 묵직하게 목구멍을 빠져나가는 와인에 감탄을 하는 순간 내일의 수영은 잊어버린다. 그나마 정신이 있을 때는 내일의 나에게 미리 파이팅을 해주기도 한다.

진보랏빛 액체가 어찌 그리 우아한 자태로 입안을 휘젓고 가는 건지……. 이미 취기가 오른 상태이니 정확한 맛을 음미하지도 못하면서 기분만으로 알코올의 존재에 정당성을 부여하고 만다. 그렇게 잠이 들면 알코올이라는 게 위험할 이유가 없다만 다음날 몸뚱어리는 알코올이라는 게 진짜 사악하다는 걸 확인시켜준다.

외향적으로 심각하게 나타나는 증상은 붓기다. 눈과 얼굴은 당연하다는 듯이 퉁퉁 부어 있고 코 주위가 벌에 쏘인 것처럼 찌릿하게 부어 있다.

얼굴이 말이 아니게 엉망이 된 꼴이 되면 친한 회원들이 확신에 찬 눈빛으로 달려든다.

"너 어제 또 술 마셨냐!"

걱정이 반쯤 담긴 놀림은 괜찮다. 다만 강습시간에 내가 미치고 환장할 노릇이다.

숙취와 함께 수영은 어렵다

이럴 때 생각 없이 왜 두 겹으로 된 수영복을 입은 건지. 꽉 쪼이는 흉부가 힘들어하기까지는 그리 오래 걸리지 않는다. 워밍업으로 몇 바퀴 돌자마자 숨 고르기가 힘들고 계속 입안은 텁텁하고 머리는 빙빙 돈다. 특히 접영이나 웨이브 훈련을 시작하면 잠잠했던 뱃속도 요동치는데 오죽하랴. 뱃멀미 때 느낀 울렁거림이 웅장하게 등장한다.

전날 우아하게 넘어간 와인이 뱃속에서 출렁거리며 집요하게 속을 괴롭힌다. 좌우 고개를 돌리며 호흡을 할 때마다 공기가 들어오는 게 아니라 술 한 모금씩 입장하는 느낌이다. 한곳을 꾸준하게 두드리던 통증이 머리 전체를 북 두드리듯 크게 울려 퍼지며 수모가 찢어나갈 것 같은 환영에 시달린다.

결국, 다음 영법을 시작할 때 쉬고 만다. 출발지점의 코너 자리에 바짝 붙어 바닥에 양팔이 널브러진 채로 고개를 숙이고 만다. 누가 보면 딱 책상에 엎드려 울고 있는 자세다. 아주 굴욕적이다. 그 정도 숙취도 못 참

나며 내 안에 많은 타인의 입들이 한마디씩 하고 지나간다.

강습이 끝나면 반성의 시간을 가진다. 술을 마시고 싶어 하는 욕망은 알겠으나 몸에 맞지 않는 놈이니 안으로 들이지 말 것을 명심하라고 재차 호통을 쳐 본다.

하지만 당연하게도 얼마 가지 않는다. 운동하고 나면 그제야 술에서 해방된 몸 상태가 되기 때문이다.

진정한 해독제가 수영이었다고 생각하고 싶었지만 짧은 착각이었다. 내 몸은 알코올에 적합한 코드가 연결되어 있지 않고 해장 수영이라는 단어 또한 연관 지을 수 없다.

어리석은 알코올의 추풍음을 고백하고 나니 떠올라서 한마디 하자면 술 냄새 빌런들이 한 번씩 등장한다. 제발 다음날 알코올 냄새가 몸에서 진동하는 게 인지되면 그날은 휴무일로 정했으면 좋겠다.

괜찮다고 우기며 운동을 하기 위해 온다면 제발 양치질은 하고 입수해 주시길 간청해본다.

되도록 술은 평일은 참았다가 주말에 마시는 거로 계획한다.
좋은 술자리일지라도 다음날 기분 나쁜 몸 상태로 하루를 망치고 나의 수영을 망친다.
알코올의 유혹을 뿌리치기는 언제나 어려운 게 문제다.

비복근 통증으로 쭈구리가 되었습니다만

오리발 차면 다리가 아픈 사람

　공포의 핀 수업. 핀을 착용하고 수영하는 걸 진심으로 싫어하는 1인이 여기 있다. 이날은 오리발처럼 생긴 수영 핀을 신고 강습시간 내내 훈련을 한다. 수강생들은 보통 핀이라는 단어보다 오리발이라는 단어를 더 자주 쓴다.

　보통 높은 연령대의 수영인들이 핀을 신고 수업하는 것을 싫어한다.

오리발은 무게가 제법 나가기 때문에 한 타임이라도 수영하게 되면 일시적으로 무릎이나 발목 통증이 생길 수가 있다.

나는 다리근육이 꼬이는 현상, 즉 근육이 뒤틀리는 경련이 종종 일어나기 때문에 무서워한다. 평소 혈액순환이 원활한 편이 아니라서 자주 손과 다리에 경련이 일어났었다.

이 증상은 다행스럽게도 수영을 하고 나서 많이 완화됐다. 하지만 오리발을 사용하게 되면 다리와 발에 근육이 또 제멋대로 활개를 칠 때가 많다.

특히 비복근. 그러니까 장딴지 근육이 말썽인 거다. 심하게 아플 때는 증상이 발까지 내려가고 발가락까지 침략하면 정말 몸이 뒤집힐 자세를 취하게 된다.

10대에 많이 생긴다는 통증인데(성장통) 이미 성장은커녕 쇠락의 길을 가는 내게 참 너무한 거 아닌가 싶다. 강습 중에 이 통증이 급습하면 죽기 살기로 참고 레인 끝을 향해 수영한 뒤 코너 쪽에 선다. 그러고는 지켜보던 선생님이 놀랄 정도로 오리발을 거칠게 벗어 던져 체면이고 나발이고 종아리를 사정없이 주물러댄다.

그나마 거기까지는 모양새가 봐줄 만하다. 엄지발가락이 버티고자 하는 내 의지를 무시한 채 꺾이는 시늉을 하면 흉측하기 그지없다. 어정쩡

하게 한 다리로 버티고 서서 양손으로 다리와 발에 살기 위해 매달려 있는 모습이랄까.

내가 다니는 센터는 일주일에 핀 수업이 두 번이다.

오리발을 신으면 수영 실력이 업그레이드되는 걸 경험할 수 있다. 배로 올라가는 스피드와 강화되는 발차기로 웨이브도 크게 만들 수 있어서 특히 접영을 할 때 훨씬 안정적인 자세가 나올 수 있다.

그러다 보니 오리발을 착용하는 걸 좋아하는 회원들이 많다. 수영장을 풍덩풍덩 오는 회원일 경우 핀 수업 때는 꼭 빠지지 않고 참석한다. 그만큼 오리발은 내 몸을 좀 더 빠르게 물속을 나아갈 수 있게 하는 큰 재미를 선사한다.

전에 다니던 수영장에서 연이어 오리발을 신고 강습을 한 적이 있었는데 매일 하다 보니 숏핀을 착용한 상태가 내 발처럼 느껴졌다. 그래서 정말 착용 후의 스피드가 내 실력인 줄 착각했다. 2주 정도 지났을 때 숏핀을 벗고 맨발로 수영을 하자 나는 더딘 속도에 한껏 우울해지고 말았다.

오리발을 차고 좀 더 강도 높은 훈련을 하며 체력을 기르고 상체교정을 목적으로 진행했던 수업이었다. 의도대로 발전한 사람이 있는가 하면 나처럼 전적으로 오리발에 의지한 사람은 신체 일부가 잘려나간 것 같아 바로 힘을 잃어버리는 부작용이 발생했다.

이처럼 오리발을 신고 훈련하면 좋은 효과를 보기도 하지만 의존성이 높다 보면 오히려 맨몸 수영에 자신감이 하락할 수도 있다. 그래서 뭐든지 적당히 도구를 활용하되 꾸준히 내 몸을 훈련해야 한다.

그래도 숏핀까지는 괜찮았다. 수업 중에 다리가 아파서 얼마의 거리를 지나가지도 못하고 벗어던지는 일은 거의 없었다. 그러다 보니 속도감을 느끼며 핀 수업을 좋아하는 사람들에 합류했었다. 그런데 롱핀으로 바꾸고 나니 거의 매번 통증이나 저리고 걸리는 증상이 발생하여 수영하다가 멈추게 된다.

자유형 뺑뺑이를 할 때는 일정한 속도를 유지하고 호흡조절을 잘해서 레인을 돌아야 한다.

이때 중간에 수영을 멈추면 호흡이 불규칙적으로 변하면서 적당히 긴장을 유지하던 몸의 균형이 흐트러진다. 한번 어긋난 동작을 처음으로 되돌리기는 쉽지 않다. 결국, 오리발로 인해 제대로 운동을 못 하고 기분까지 급격히 나빠진다.

이런 날들이 몇 번 쌓이다 보니 핀 수업 자체가 싫어지고 말았다. 남들이 다 채우는 바퀴 수를 나만 부족하게 하는 것도 자존심이 상하고 추한 몸짓으로 물에서 버티고 있는 것도 창피했다.

회원들이 오리발을 신고 씽씽 속도를 내며 날아다닐 때 최대한 벽에 붙어 다리를 들어 올려 발가락을 손으로 주무르며 잡아당기는 모습은 참으로 애처롭다.

"에이, 뭐 그 정도로 그래~."라고 얘기한다면 다시 상상해보길 바란다. 육지옷을 입고 있는 게 아니다. 알록달록한 수영복이다! 나는 단순한 디자인을 입어 본 적이 거의 없다. 멀리서 봐도 눈에 띄고 가까이서 보면 더 강조되는 색감뿐이다.

나는 나의 긴박한 행위에 노여워하고 있지만 누군가가 그 장면을 보고 있으면 "수영을 하다가 멈추고는 하는 짓이 저게 뭐야?"라고 기가 차며 웃을 수 있다. 충분히 이상한 모습이다.

인생은 멀리서 보면 희극, 가까이서 보면 비극이라고 했다. 찰리 채플린의 명언이 수영장에서 와닿을 줄은 정말 몰랐다.

기본적인 방법에 답이 있다

그래서 변명하자면 핀 수업을 할 때는 다리의 통증으로 자유형 뺑뺑이를 자주 쉬게 된다.

저번에는 숏핀을 신고 수영을 하다 벗겨져서 쉬고 이번에는 롱핀을 신었다가 경련으로 몸 개그를 한다고 쉬고. 짧든 길든 오리발로 인해 제대로 연습량을 채우지 못하니 수업 도중 찜찜함이 항상 뒤따른다. 그리고 연수반 쭈구리로 전락하는 신세에 실성의 웃음소리가 격해지기도 한다.

집으로 돌아와 도저히 창피하게 살 수 없다 싶어서 비복근 강화 운동 생각을 했다. 영상을 보고 메모도 하고 간단하게 시연도 해보았다. 하지만 곧 연수반의 운동량도 버거워하면서 전신 근육통이 오지 않을까 연이은 걱정을 했다. 별 소득 없는 고민거리에 잠시 멍해지다가 계속 의자에 다리를 꼬고 앉은 채 건들거리며 떨고 있는 오른쪽 허벅지를 세게 탁! 쳤다.

그렇다. 매번 혈액순환이 방해되게 다리를 번갈아 꼰 자세로 앉아 있고, 그 자세가 불편하면 양반다리로 책상 의자 위에 걸쳐 앉는 게 차선책이었다.

똑바르지 않은 하체는 갑갑함에 꿈틀대고 그로 인해 엉덩이와 허리로 피로가 전달된 것이다. 접히고 눌리고 꺾이고. 하반신이 잠시도 편안하게 제 상태를 유지한 적이 없었다.

문제가 발생했을 시 바로 눈앞에 떨어져 있는 기본적인 힌트는 보지도 못하고 눈 밖에 떨어져 잡을 수 없는 먼 곳에서 엉뚱한 힌트를 주워 모으고 있는 격이었다.

잘못된 생활 자세나 신경 써서 고치고, 수영 전 준비운동이나 대충하지 말고 똑바로 하고, 평소 가벼운 스트레칭이나 빠트리지 말아야 한다는 아주 기본적인 사실을 모른 척하고 있었던 걸 깨달았다.

요즘 무엇보다 자유형 뺑뺑이의 바퀴 수를 스스로 제한한 것도 큰 문제였다. 더는 가지 못한다고 정해놓은 안정된 숫자는 사실 더는 힘들게 가기 싫은 마음이었다.

내가 할 수 있을 만큼이라고 정해놓은 규정은 사실 한계가 아니라 가능성을 열어두기 싫은 제한이었다. 몸은 안정되고 편한 상태를 기억하는데 그걸 유지하고 싶었던 거다.

운동하다 보면 문득 내가 국가대표를 할 것도 아닌데 몸이 힘들 필요가 없다는 합리화를 내 안의 허술한 기준점에서 통과시켜버린다. 아직 단계를 제대로 깨부순 적도 없으면서 스트레스를 운운하며 정신건강을 위한다고 떠들어댔다니…….

어차피 남들 눈에 하찮아 보일 실력이라 적당히 하자 싶었던 것도 사실이다. 점점 수영의 정체기가 온 현실에 다른 운동으로 눈을 돌리기도 했다. 새로운 운동에 관심이 있는 것도 아니면서 힘든 시점을 그냥 포기하고 싶었기 때문이다.

자고로 마음의 재정비는 오래 하면 안 되는 법.

비복근을 마사지 스틱으로 사정없이 밀어 대며 발목 회전운동을 해보았다. 앞뒤로 꺾어보고 뱅글뱅글 돌려보니 제법 종아리까지 시원해지는 것 같았다. 바닥에 이불을 깔고 오랜만에 플랭크도 시도했다. 허리와 엉덩이가 덜덜덜 떨리고 1분이 지나자 귀를 타고 땀 한 방울이 떨어졌다.

　다음이라는 벽을 넘었을 때 그 뿌듯하고 짜릿한 희열감을 한참 동안 잊었던 자는 늦은 밤 비루한 몸뚱이를 에너지 아껴가며 야금야금 움직여 보았다.

여러 종류의 오리발을 사용해보고 정착한 롱핀.
딱딱한 재질이지만 가벼워서 사용 중.
역시나 비복근 통증을 일으키지만 그나마 덜한 편이라 핀 데이에 데리고 다님.

한계치를 넘어갈 때의 기쁨이
나의 일상에 좋은 기운을 불어넣는
강력한 에너지로 전환된다.

수많은 사람들이 사랑 없이 살았지만,

물이 없이 산 이는 단 한 명도 없다.

W.H.오든

4부

재미있고
놀라운
수영이라는 세계

수 영 장 에 서   만 나 요

수영에 푹 빠지게 되면 생기는 부작용

종일 생각나는 무서운 수영

한창 영법 도장 깨기에 재미를 붙이기 시작한다면 수영 생각이 종일 머릿속을 지배한다.

진지하게 1일 2수(하루에 두 번 수영하기)를 고민하다 바쁜 일정을 탓하기도 했고 실제로 해보고 난 뒤 다음날 시체처럼 종일 침대에 누워 있기도 했다. 근육이라고는 없는 팔 때문에 접영에 진전이 없는 것 같아 헬스를 해야 하나 고민했고 결국 홈트로 팔 강화 운동을 하다가 손목을 다친 적도 있다.

식습관도 변했는데 아침에 국과 찌개류를 꼭 챙겨 먹어야 사람 구실을 한다 생각했던 게 완전히 잘못된 고정관념임을 알게 되었다. 자극적인 음식을 섭취하고 수영을 하게 되면 한두 시간이 지난 후에라도 운동하는 내내 속이 불편하고 힘들었다. 그리하여 아침 식사 때 간단하면서도 간이 덜 된 음식을 선호하게 되었고 지금까지 별 탈 없이 먹고 있다.

스포츠 경기는 올림픽 말고는 관심도 없던 내가 수영 관련 경기를 챙겨보기 시작했다. 경외심마저 드는 그들의 실력에 감탄하며 내 이웃인 것처럼 박수를 보내기도 한다.

센터 휴무일에는 평일에도 일일 수영이 가능한 곳으로 원정 수영을 갔고 주말에는 자유 수영을 했으며 가족여행을 계획할 때도 꼭 수영장 유무를 확인했다. 평소 큰 귀걸이를 좋아했는데 수영강습을 시작하고 난 뒤에는 무조건 귀에 딱 달라붙는 걸 선호하게 됐다. 수영할 때 걸리적거리는 것들은 전부 깔끔하게 정리해버렸다.

수영하는 사람들을 바로 알아채는 관심법도 터득하게 된다. 사실, 그것보다는 수영하는 사람인지 관찰을 하게 된다는 게 옳은 표현이겠다. 지나가는 사람을 보거나 누군가를 만났을 때 전체 스타일을 보거나 들고 다니는 액세서리를 살펴보게 된다. 머리카락이 살짝 젖어 있다면 자동으로 들고 있는 가방을 보게 되고 큰 백팩을 메고 있다면 수영브랜드인지 아닌지로 확인을 한다.

수영인을 알아볼 수 있다

한날은 서점에서 책을 보다가 앞사람의 가방에 풀부이 열쇠고리가 달린 것을 보고 어찌나 기분이 좋던지 한참을 응시했다. 뒤통수가 따가웠는지 앞사람이 고개를 획 돌렸다. 나는 전혀 민망해하지 않고 곧바로 질문했다.

"혹시 수영하세요? 풀부이가 너무 예쁘네요."

그녀가 돌아보는 순간 확신했다. 분명, 이 사람은 수영인이라고. 특정 수영복 브랜드의 굿즈 상품인 그립톡이 핸드폰 뒷면에 붙어 있었기 때문이었다. 역시나 촉은 정확했다.

"아. 네~ 수영하시나 봐요. 바로 알아보시네요."

웃기게도 처음 보는 사람과 수영장이 아닌 서점에서 수영에 관한 이야기를 오 분가량 나누고 헤어졌다. 그녀가 장착한 그립톡의 수영복 브랜드에 관한 소견과 풀부이 훈련법에 대한 의견이었다. 전혀 앞뒤가 어울리지 않는 대화를 오로지 대주제인 수영 하나로 통합한 것이다.

별 관심이 없던 유명인도 수영을 할 줄 안다고 하면 갑자기 궁금해진다. 지인의 지인이 수영을 몇 년이나 한 사람이라는 말을 들으면 뜬금없이 만나서 대화라도 하고 싶어진다.

수영이라는 단어를 매일 써서 그런지 아이들에게 말을 할 때 수영을 대체 투입하기도 한다. 설거지 중에 아이가 방안에서 물건을 찾으며 엄마를 불렀는데 무슨 용건인지 들리지 않아 내가 큰 소리로 말했다.

"엄마, 수영 중이니까 여기로 와서 말 좀 해줄래?"

마트를 가기 전 아이에게 간식을 챙겨주며 말하기도 했다.

"엄마, 수영장 가서 휴지 사 올 거니까 간식 먹고 숙제하고 있어."

학교 가기 전 옷장을 열어 무슨 겉옷을 입을지 모르겠다며 물어보는 아이에게 이렇게도 말했다.

"수영복 챙겨 가면 되지. 그거 입어!"

말을 하다 보면 진짜 쉽고 매일 쓰는 단어인데 갑자기 존재 자체가 생각이 안 나면서 생뚱맞은 단어로 문장을 이어갈 때가 있다. 그런데 생활 곳곳에 빈 공백이 생길 때 잽싸게 집어넣는 단어가 수영이라니. 이거야 말로 심각한 부작용이다.

생일선물로 갖고 싶은 게 뭐냐는 아이들의 질문에 대답한 결과물들.
수모와 귀에 딱 붙는 귀걸이.
선물로 수영용품을 원하는 것도 부작용 중의 하나인 듯.

하찮은 체력의 소유자가 보는 수영의 장·단점

수영은 매력 부자

나는 어마어마한 체력의 소유자다.

인간의 신체적 능력의 평균치가 정확히 어느 정도인지는 모르겠지만 그 기준에서 끝없이 아래로 떨어진 어딘가에 있는 체력. 그곳이 나의 현주소다. 체력을 분류하면 신체적인 요소와 정신적인 요소로 나눌 수 있는데 나의 8할은 바로 정신적 요소로 신체 리듬이 돌아간다고 봐야겠다. 의지, 판단, 의욕, 저항력으로 겨우 버티고 발악하고 불태우고 계획하는 것이다.

그 말인즉슨, 압도적인 피지컬에서 나오는 월등한 능력치는 거의 없는 상태에서 오로지 마음가짐으로 운동을 하고 있다는 것이다. 그렇다. 하찮은 신체의 소유자가 오로지 깡으로 운동을 한다.

이런 자도 수영을 하는데 평균 이상인 자들은 훨씬 즐겁게 즐길 수 있을 것이다. 오로지 편파적인 나 같은 사람의 관점에서 수영이 얼마나 좋은 운동인지 매력 어필을 해보겠다.

수영의 장점은. 일단 뼈(?)에 좋다.

괜히 무릎이나 허리가 안 좋다는 분들이 와서 시간을 투자하는 게 아니다. 관절염이나 부상 등을 가진 사람들에게 유용할 수 있다. 물속에서는 통증이 완화되고 부상의 회복을 개선하는 데 도움이 될 수 있기 때문이다. 나 역시 꼬리뼈 골절 이후 바르지 못한 자세로 인해 무릎 연골까지 말썽을 부려서 울며 겨자 먹기로 다녔는데 점차 통증이 완화되었고 뻣뻣했던 하체가 유연해지는 중이다. 놀랍게도 수영을 쉬는 동안 통증이 다시 스멀스멀 기어 올라왔다. 그래서 계속 수영강습을 다녀야만 했다.

둘째, 심폐기능이 강화된다.

수영은 특정 부위만 쓰는 게 아니라 전신을 사용하여 전진하는 운동이다. 물속에서 수영하다 보면 다량의 산소가 필요하므로 숨을 안배하며 질주를 한다. 처음에는 어렵지만, 점점 안정된 호흡을 할 수 있게 된다. 이렇게 꾸준히 하다 보면 폐의 기능이 향상되고 상승한 지구력을 체감할 수 있다. 그리고 심장의 기능을 튼튼하게 하여 혈액순환을 원활하게 한다. 평소 손발의 결림이 심한 편이라 운전 시에도 힘들었던 적이 많았는데 수영을 하고 난 이후 거의 사라졌고 한결 편안하게 운행하게 되었다.

셋째, 몸에 탄력이 생긴다.

미라클한 변화를 기대할 순 없지만, 꾸준히 오래 하면 잔 근육이 생기는 것 같다.

몸에 군데군데 숨어 붙어 있던 군살들을 정리해주며 매끄러운 라인을 만들어준다. 매일 거울 앞에서 자신의 몸을 관찰하고 확인하다 보니 객관적으로 파악할 수 있다. 수영을 마치고 샤워 후 탈의실에서 체중계에 올라 수치로도 확인을 받는다. 철저하게 계획하여 다이어트를 하지는 않더라도 곳곳에 습관처럼 내 몸을 들여다보는 요소가 많으므로 늘 건강한 신체를 유지할 수 있다.

넷째, 하루 루틴이 생긴다.

다른 운동도 마찬가지겠지만 운동 후에는 할 일들을 지체 없이 해결해 나간다.

수영하러 가기 전까지 우리는 너무나 많은 유혹과 맞서 싸워야 한다.

조금 더 누워 있고 싶고 할 일들이 눈앞에 펼쳐지고 몸의 상태가 평소와 다른 것 같고 보기 싫은 사람과 운동할 생각을 하니 머리가 아프고……. 그런데도 가기 싫은 수많은 이유를 뿌리치고 수영장으로 몸을 움직인다.

그 힘든 여정을 소화하고 수영장에서 나오면 다음 일정을 허투루 보낼 수가 없다. 어느 순간 계획표를 세우지 않았음에도 시간을 알차게 보내는 방법을 실행하고 있는 자신을 보게 된다.

습관화된 하루의 일정이 예상외로 작은 기쁨을 선사하기에 다음 날도, 그다음 날도 나만의 의식으로 보내고 싶어진다. 잦은 술자리나 약속 등을 조절하며 일정에 차질이 없게끔 하는 것도 그런 이유이다. 고로 신체적으로 정신적으로 건강해지는 루틴이 생기며 자리 잡을 수 있게 된다.

다섯째, 아침에 일어나는 게 감탄이 나올 만큼 수월해진다.

알람 소리로 시작하는 아침. 일어나기 싫고 더 자고 싶다는 욕망은 찾아오지만, 침대에서 몸을 일으키는 행위가 육체적으로 힘들지 않다.

수영 전에는 어땠는가? 오 분과 십 분을 더 달라 외치며 재 알람 소리에 깜짝깜짝 경기라도 일으키는 것처럼 놀라다가 마지못해 일어났다. 그러나 규칙적인 수영으로 인해 체력이 향상되어 아침을 맞이할 에너지가 충전된 상태로 깨어나게 된다. 자연적으로 앓는 소리를 내며 어기적어기적 방을 기어 나올 일이 없다.

여섯째, 성취감이 크다.

수영 같은 경우에는 영법을 단계별로 배우고 그 후에는 다양한 기술을 체계적으로 학습하기 때문에 깨부숴야 할 다음 단계가 많다. 지루할 겨를이 없다는 뜻이다.

육지에서 하는 운동이 아닌 물속에서 하는 운동이기에 조금은 특별한 자부심을 느낄 수 있다.

남녀노소 누구나 쉽게 도전할 수 있지만, 오랫동안 영법을 완성해가는 과정은 어렵다. 그래서 더욱 대단한 운동을 해냈다는 것에 자부심과 성취감을 얻을 수 있다.

일곱 번째, 몸이 유연해진다.

막대기 같이 일자형의 사람도 물속에서는 한없이 부드러워진다.

수업 전, 후 벽에 몸을 바짝 대고 스쾃을 하는 회원들이 종종 보인다. 수영 후 허리 돌리기가 잘 된다고 하는 사람들도 있다. 기본적으로 웨이브를 하며 수영을 하기에 신체 중심부의 움직임을 잘 쓸 수 있게 된다. 굳은 몸을 물속에서 유연하게 풀어내며 긴장된 신경과 경직된 근육을 완만하게 이완하도록 도와준다. 곧 일상생활에서도 서서히 유연한 신체기능의 활용도를 높일 수 있을 것이다.

여덟 번째, 운동 후 바로 샤워하니까 집에 가서 안 씻어도 된다.

아홉 번째, 진정한 취미나 특기 하나가 생긴다.

의외로 주위에 수영을 잘하는 사람은 없다. 예전에 수영을 못했을 때는 물에서 노는 사람들이 다 수영을 하는 줄 알았다. 알고 보니 그냥 물을 무서워하지 않는 사람들이었다.

내 취미는요. 음……. 음……. 한참을 고민하다 엉뚱한 대답을 할 일이 없다. 즐겁게 하고 있다면 취미가 될 것이고 좀 더 강하게 발전을 목표로 한다면 남들보다 우월한 특기를 가질 수 있다.

열 번째, 칼로리를 태우는데 탁월한 운동이다.

수영은 사람들이 흔히 하는 운동보다 칼로리를 효율적으로 소모할 수 있다. 강습시간을 채우고 나면 600kcal 이상의 에너지를 태울 수 있다.(나와 같이 운동하는 사람들의 평균 수치쯤이다) 빨리 더 많은 운동량을 채우면 훨씬 더 큰 폭으로 칼로리를 소모할 수 있다.

내 경우 신진대사율이 높은 편이라 항상 높은 수치로 칼로리가 소모되었다.(스마트워치 기록기준) 흔히 수영해도 살이 빠지지 않는다는 말을 하는데 그건 수영 이후의 생활수칙도 따져보아야 할 일이다. 식단조절을 하지 않고 운동으로만 체중을 감량하는 건 무리가 있다. 수영 후, 배고픔이 몰려올지라도 곧바로 과식하지 말고 일정 시간 후에 적당량을 섭취하면 당신의 체중은 목표치에 닿을 수 있을 것이다.

열한 번째, 정신과 마음이 편안해진다.

물과 친해지면 물 위에 몸이 뜨는 자세에서 편안함을 느낄 수 있다. 물 속에서 잠영하면 소음이 줄어들면서 잠시 정신이 맑아지는 기분을 느낄 때도 있다. 요즘에는 '물멍'이라는 단어로 멍하니 물을 바라보며 힐링을 하는 행위를 많이들 한다. 이처럼 물의 감촉을 직접 느끼며 수영을 하다 보면 머릿속을 가득 채우는 복잡한 잡념이 사라질 때가 있다.

실내 수영장을 벗어나 야외수영장에서 천천히 수영을 즐기면 더 큰 치유 효과가 나타난다. 자연과 어우러져 있는 물의 공간에서 스트레스를 떨쳐내며 좋은 기운을 받을 수 있다. 만병의 근원인 스트레스와 우울증을 물의 기운으로 도움 받아 좋아지는 사례가 많기도 하다.

열두 번째, 불면증이 있다면 숙면에 도움을 준다.

수영장 사람들이 자주 했던 말인데 수영을 하고 나서 불면증이 사라졌다는 것이다. 처음 수영을 배울 때는 특히 잠이 너무 와서 기절한 것처럼 쓰러진 적이 많았다. 전신운동에 쓰지 않던 모든 근육이 아우성을 치며 엄청난 근육통에 시달리게 된다. 앞서 언급한 것처럼 수영은 어마한 열량을 소모하기 때문에 상당히 몸이 피곤해진다.

초보반 시절 새벽 2시쯤 잠이 들던 내가 밤 10시만 지나면 눈꺼풀이 무거워졌고 곧 잠이 들었다. 불면증이 고쳐지고 숙면하다 보니 만성피로도 서서히 사라졌다. 수면의 질이 얼마나 중요한지 새삼 깨달았다.

마지막, 무엇보다 굉장히 재밌다.

우울한 하루도 수영장에 갈 생각을 하면 기분이 좋아지기도 한다. 하루의 신나는 순간이 수영장에서 보내는 시간이다.(매번 그렇다는 건 아니다) 배우고 습득해나가는 눈물겨운 과정이 재미있고 사람들과의 교류도 흥미롭다. 이 얼마나 눈부신 감정변화인가.

무려 물 공포증이 있던 사람이 물속으로 들어가는 게 사는 낙이 되었다는 건 그만큼 수영이라는 운동이 대단한 매력을 가졌다는 증거이다.

더 많지만, 이 정도만 해 두겠다.

놀랍게도 수영은 단점이 많이 없다

수영의 단점은 첫 번째, 수모와 수경의 존재감이다.

나의 이마를 언제나 찰떡같이 눌러주는 수모는 수업 후 벗고 나면 선명한 영역표시를 나타낸다. 자국이 덜 난다는 수모도 있지만 그건 그나마 이른 시간 안에 없어진다는 거지, 애초에 자국을 안 남기겠다는 약속을 보장하는 게 아니다. 이마의 주름이 신경 쓰이는 나이가 되니 수모의 자국이 사라지지 않고 더해질까 걱정이 된다.

수경은 눈 전체에 덮어쓰다 보니 고무 패킹이 흔적을 남긴다. 노 패킹 수경이 있기는 하지만 얼굴형에 따라 착용감이 천차만별이고 마찬가지로 좀 희미할 뿐 자국은 남는다. 수업 후에 판다처럼 동그랗게 남아 있는 모습을 보면 한숨이 절로 나온다. 눈가의 주름을 예견하며 씁쓸하게 얼굴을 매만질 수밖에 없다.

둘째, 진상들로 인한 마음의 상처가 종종 생긴다.

사람과의 관계에 익숙해졌다 싶지만 새로운 빌런들이 언제나 깜짝 놀래주며 등장한다. 선을 넘고 타인에게 상처 주는 말을 하는 사람, 공공질서는 무시해야 한다고 믿는 사람, 수영복 디자인으로 인품까지 판단하는 사람, 없는 말을 부러 만들어 소문을 양산하는 사람 등.

통달했다고 생각한 유형들의 변형이 속출하다 보면 어떨 때는 적절한 방어법이 통하지 않아 당황스러울 때도 있다. 하지만 이게 장점이 되기도 한다. 온갖 유형의 사람을 만나다 보니 상황대처법과 임기응변이 일취월장했다.

셋째, 초반에는 피부 트러블로 고생한다.

알다시피 수영장 물은 락스물이다. 게다가 많은 인파로 깨끗하지 않다. 수영을 배우고 나서 한동안 얼굴이며 몸에 알 수 없는 피부 이상이 생겼다. 하지만 이 또한 내성이 생기면 괜찮아진다. 심지어 락스물로 소독한다는 말을 하는 회원도 있다.

마지막으로 머릿결이 개털을 닮아간다.

사실 이게 가장 치명적이다. 입수 전, 후 두 차례에 걸쳐 샴푸를 하기도 하고 락스물이기도 하고 매번 드라이도 해야 하고. 몇 달 배우고 나면 머리카락의 윤기는 사라지고 푸석푸석해진다.

이 정도로 마무리하겠다.
열거한 것처럼 단점보다 장점이 훨씬 많은 게 수영이다.

운동이 작심삼일인 적이 있었다. 아니, 굳이 따져보면 인생에서 그랬던 적이 더 많았을 것이다. 운동이라는 걸 빼먹지 않고 오랫동안 할 수 있게 된 건 요가강사를 시작했을 때부터이니(지금은 아니다) 뼈아픈 과거이기도 하지만 결론적으로 잘된 일이기도 하다. 꼬리뼈 골절 사고 이후 강사직을 그만두고 재활운동으로 수영을 시작한 게 엊그제 같은데 물속에서 빡빡하게 운동량을 채우는 세월이 어김없이 흘러가고 있다. 그래서일까. 수영의 장점을 강조하는 요즘 새삼 감회가 남다르다.

우연히 예전에 같이 운동했던 사람들의 얼굴을 다시 보게 되었는데 왜 그렇게 수영에 열중했었는지가 떠올랐다.
처음엔 몸이 아프니까 집에 와서 울면서도 다음날 억지로 수영장을 갔고 그러다 3개월을 참아내니까 오기가 생겨서 영법을 다 배워야겠다는 다짐을 했고 그러다 7개월이 넘어서니 저질 체력을 극복하고자 죽어라

했고 1년이 넘었을 때는 수영이 미치도록 재미있었다.

재미로 따지면 이제껏 해봤던 운동 중에 가장 최고인 것 같다. 특히 여유롭게 물속을 유영할 기회가 주어질 때는 행복이라는 단어가 몽글몽글 내 안을 가득 채웠다.

예전 선생님이 수영은 적어도 3년은 배워야 그래도 좀 한다며 명함을 내밀 수 있다고 했는데 그게 무슨 말인지 이제는 알 것 같다. 좀 하는데? 싶다가도 좌절하는 날이 많고 좀 멋진데? 싶다가도 멍청이가 된 모습에 우울해진다. 자기와의 싸움 같지만 다른 사람의 도움을 받아야 발전도 하는 복잡한 운동이다.

어느 날이었을까. 수업 시작 전 초급반 회원들을 멀뚱히 쳐다보는데 어찌나 열심히 동작을 복습하던지 좀 부끄러웠다. 열정과 연습을 빼먹고 나아지지 않는 실력만 탓한 내 모습이 오버랩 되었다. 어느 정도 잘한다고 자부하는 날이 내게도 오고야 만 것이다. 말도 안 되는 허세만 가득한 착각이었다.

안 되는 동작을 되풀이하던 한 회원의 자세가 자꾸 생각났다. 나도 그렇게 불타오르게 열중한 적이 있었다. 다음날 근육통으로 몸이 쑤셔도 계속하고 싶던 그런 열정 말이다.

이래서 사람은 자극을 받아야 하는 모양이다.

새로운 자극제로 다시 초보 시절을 떠올리며 수영에 마음을 다해야겠다는 자아 성찰. 언제나 자신을 돌아보게 하는 각성의 매력을 수영의 장점으로 또 추가시키겠다.

　사람이 몸을 부지런히 움직이면서 즐거움을 느낄 수 있다는 건 단연 행복한 일이다.

얼굴형에 맞지 않아 물이 계속 들어오는 바람에 보관된 노 패킹 수경.
혹시라도 수경을 빠트리고 왔을 때
대용품으로 쓰기 위해 차 안 서랍에 고이 누워 있음.

영법에 집중하면 잡생각이 사라지면서
내가 안고 있는 걱정이 한결 가벼워진다.

그동안 쓸데없는 고민을
구태여 붙들고 있었다는 걸 깨닫게 된다.

오늘이 무슨 요일인지도 몰라요.

날짜도 모르고요.

저는 단지 수영만 할 뿐입니다.

마이클 펠프스(수영선수)

수영강습, 첫 시작이 두려운 건 지극히 정상입니다

사람들은 수영장의 소문에 궁금해한다

많은 이의 가슴을 괜스레 설레게 하는 봄의 향연이 지나면 곧 뜨거운 여름이 온다.

5월부터는 날씨가 더워지기 시작하고 여름이 오기 전에 운동을 시작하는 비율은 높아진다. 이제는 노출의 계절용으로 몸을 만드는 게 당연한 시대라 할 수 있겠다. 운동의 선택폭이 다양해졌지만 그만큼 결정장애가 생기는 것도 사실이다. 그래서인지 주위에서 수영에 관한 질문을 많이 한다. 그중에서도 수영하면 살이 빠지냐고 꼭 물어보는데 나는 그렇다고 대답한다. 당신의 식단이 폭발적으로 증량하지만 않는다면 이루어질 수 있는 현실이라고.

질문자는 그 말에 화색이 돌다가도 이내 시무룩해진다. 카더라 통신을 꺼내며 온갖 수영장의 괴소문을 확인하고 싶어 한다. 마치 진입장벽이 높은 이유에 대한 타당성을 설명하듯이 진지한 눈빛으로 말이다. 최대한 솔직하게 대답을 해주면 결론적으로 수영은 안 되겠다며 고개를 절레절레 흔든다. 포기하지 않고 수영의 장점에 대해 열거를 해 봤자 소용이 없다. 가장 큰 치명타가 바로 노출이기 때문이다. 결국, 살 좀 빼고 수영복 입을 수 있을 때 도전해야겠다는 말로 대화가 종료된다. 다이어트 때문에 수영을 배워보겠다던 사람이 다이어트를 하고 수영을 배워야겠다는 앞뒤가 괴상하게 똑같은 말로 고개를 갸우뚱하게 만든다.

강습하는 사람들은 다 알겠지만, 수영장에서 큰 상관이 없는 문제다. 대다수 수강생의 신체는 수영복 모델처럼 훌륭한 몸매를 소유하고 있지 않다. 이해는 간다.

다른 운동보다 선뜻 시작하는 데 두려움이 앞서는 건 당연하다. 지극히 정상적이다.

수영을 시작하기 전 나 또한 마찬가지였다. 강습을 고민하고 주저했던 이유를 간단하게 열거해보자면.

첫 번째 물 공포증!

나 정도의 사람을 적실만한 물의 공간이 보이면 발을 헛디디다가 물속에 빠질 것만 같은 공포가 늘 존재한다. 욕조에 물을 가득 채운 상태에서 들어가 내 몸을 눕히지 못하는 것도 그러한 이유다. 특히 상체를 덮는 물속으로 입수한다는 건 상상만으로도 아찔했기에 건강상의 문제로 수영에 입문할 계기가 없었다면 내 삶에 수영이라는 단어를 연관시킬 일은 없었을 것 같다.

이 공포증은 완벽하게 극복되기가 어렵다. 지금도 발이 닿지 않는 수심 2m 정도의 수영장에 가게 된다면 과연 호쾌하게 다이빙을 할 수 있을지 의문이 든다.

두 번째 단체로 샤워하기!

샤워실에서 벗은 상태로 비어 있는 자리를 잡고 샤워 꼭지를 찾고 누가 목욕 가방을 밀어버리고 자리를 강탈하는 아수라장의 날들을 경험하며 혼돈의 카오스에 빠진 게 한두 번이 아니다.

솔직히 이건 그냥 멘탈 승리해야 한다고 본다. 세상에 '도른자'와 예의를 갖다버린 자는 너무 많기에 일일이 상대하다가는 원형탈모가 올 수도 있다.

적당한 선에서 컷! 하면서 샤워실의 장관을 몸소 체험하다 보면 어느새 능숙하게 씻을 수 있는 나름의 요령을 찾게 된다.

세 번째 약한 비위!

수영을 먼저 배운 남편이 나처럼 비위가 약하면 수영장에서 앞으로 나아가질 못할 거라 했다.

수많은 사람이 물속에서 그것도 하루에 몇 차례의 강습을 진행한다. 물을 매일 갈아엎는 것도 아니고 수경 너머 보이는 건 머리카락, 콧물, 불어터진 밴드, 각양각색의 털 등 온갖 몸에서 떨어진 부유물들이 둥둥 떠다닌다. 초보 때는 수영장 물을 진탕 먹을 수밖에 없으니 그것 중 하나라도 목구멍을 통과 안 한다는 보장은 없다.

네 번째 체면 유지 어려움!

초보반이라 해도 개인차가 크다. 나처럼 아예 물속에 못 들어가는 사람은 수강생들 앞에서 물에 빠질까 봐 소리치고 허우적거릴 게 뻔한데 그 추한 자태를 스스로 참을 수 있을지 걱정이었다. 일반 운동복도 아니고 수영복을 입고 민망한 자세로 버둥거리는 모습으로 배운다는 것 자체가 망가질 각오가 필요한 일이었다. 그리고 순서를 기다리며 줄을 서 있을 때 타인의 살이 닿기도 하는데 이것 또한 무지하게 싫었다. 민낯을 드러낸다는 초점에만 맞추어 더 예민하게 받아들인 것 같다.

다섯 번째 아는 사람을 만날지도!

친한 사람도 수영장에서 만나면 민망할 것 같은데 그저 안면만 튼 사이라든지 만나기 싫은 사람이라든지 하여튼 친하지는 않고 아는 사람을 만나게 된다면 위에 열거한 상황들이 한꺼번에 노출될 것이다. 특히 남의 말 하기 좋아하는 유형이라면 온갖 말들을 여기저기 과장되게 떠벌릴 것이고. 나와 대외적으로 친하다는 뉘앙스를 풍기며 함부로 말을 하는 것도 어처구니가 없는데 지나친 잣대로 평가한다면 어떤 방식으로 관계 정리를 해야 할지 고민해야 할지도 모른다.

실제로 그런 이를 만난 적이 있다. 다행히 수영할 수 있을 때였는데 역시나 나의 몸매에 관한 자신의 견해를 지인들에게 말했더라. 칭찬인지 아닌지 교묘하게 엇나가는 화법이었다. 역시나 불쾌했다. 이 외에도 수영입문 전 두려워지는 이유는 많다.

멋진 인간이라는 자아도취

하지만 수영은 충분히 도전해 볼 만한 운동이다.

장점이 너무나 많지만, 그중에서도 가장 내세울만한 건 바로 높은 자긍심이 생긴다는 것이다. 아쿠아맨처럼 물을 다루는 건 못하지만 지상이 아닌 물속에서 내 몸을 조절하며 자유롭게 유영할 수 있게 되었을 때의 만족감은 다른 운동에서 쉽게 찾기 어렵다.

물을 넘나드는 사람이라는 귀여운 우쭐댐은 어렵거나 망설이는 일에 도전할 때도 도움이 된다. 두려운 무언가에 발을 내밀었다면 또 다른 두려움 또한 시작할 수 있기 때문이다.

나의 경우에는 그랬다. 절대 못 할 거라 단정 지었던 것을 느리지만 진행하고 있음을 증명할 때의 보람은 일명 자아도취, 스스로가 괜찮은 인간이라는 기분에 사로잡히게 한다. 혼자 잘난 체하는 꼴을 자랑하고 다니는 게 아니라 당당한 자신을 여과 없이 드러낼 수 있다는 뜻이다. 이 약발이 수영침체기가 오면 다시 떨어지기는 하지만 또 어느 순간 회복된다.

운동이라는 게 무념무상으로 쳇바퀴를 돌리는 것 같은 반복성이 있다. 그러다 보면 별스럽지 않은 감정이 불쑥 튀어나오며 '무얼 위해 이 짓을 하고 있는가?'라는 얄팍한 철학자 흉내를 내기도 한다. 하지만 사는 동안 의미만을 따지고 살 수는 없다. 깊게 생각하지 말고 일단 움직이고 그냥 반복하는 것도 괜찮다. 머릿속으로 계산하고 이익을 따지며 운동을 한다면 즐거움을 얻을 수 없기 때문이다.

재미는 불쑥, 갑자기, 느닷없이 침투하는 놈이기에 내가 기다리면 찾아올 것이다.

여름 맞이 운동을 고민하는 자들이 있다면 다시 한번 강력하게 추천한다. 수영이라는 아름다운 운동에 발끝을 한 번만 적셔보시라. 촉촉해진 발바닥이 근질근질하여 더 깊숙하게 담가보고 싶어질 것이다.

수영강습 시 꼭 착용하는 스마트워치.
늦은 저녁 운동량을 다시 확인하고
일주일간 목표를 다지는 시간을 가지는 것도 꽤 재미있다.
수치를 보며 오수완(오늘 수영 완료)에 뿌듯해하기도 하고.

수영 입장 전, 후의 모습은 화끈하게 다르다

수영장이 아닌 곳에서 회원을 만난다면

수영인이라면 알 것이다.

분명히 같이 수업을 한 사람인데 두 시간 뒤 식당에서 내게 인사를 건네면 '엥? 누구…. 신지…….'라는 의문투성이 눈빛으로 상대를 민망하게 하는 상황.

특히 여성회원의 경우 더 그렇다. 민얼굴에 실리콘 모자를 뒤집어쓰고 열이 올라 벌게진 상태로 수영장에서 헤어진 사람과 멋지게 정리된 머리 모양에 뽀송뽀송하게 화장을 한 사람이 동일인인지 헷갈리는 기이한 현상. 그 모습에 잠시 멍하니 있다가 알아보는 척하는 행동은 어찌 보면 당연지사다. 물론 이건 시간이 해결해주기도 하지만 다른 반이거나 딱히 친하지 않은 사람을 수영장이 아닌 장소에서 만나게 되면 그냥 스쳐 가거나 서로 확인하며 아는 체를 하는 경우가 비일비재하다.

나도 그런 적이 몇 번 있었다. 밖에서 만난 어떤 사람이 인사를 해 한참을 쳐다봤지만, 모르는 경우 혹은 "아……."라는 넋 나간 소리로 어색하게 대화를 나눈 경험 말이다.

다른 동네에서 볼일을 마치고 집으로 가기 전 필요한 생필품이 생각나 근처 마트에 들어간 적이 있었다. 카트를 밀며 장을 보는데 누군가의 손바닥이 내 등을 찰지게 건드려 돌아보았다. 순간 강도의 세기에 인상을 쓰며 쳐다보고 말았는데 상대방은 해맑은 미소를 지으며 반갑게 인사를 건넸다. 이에 나도 모르게 좁혀진 미간에 힘을 풀고 덩달아 애매하게 웃을지 말지를 고민하는 찰나 상대방은 나의 팔뚝을 다시 한번 살짝 건드리며 말했다.

"이 동네 살아요? 아우, 반가워라."

"?……"

"난 오늘 계모임이 있는데 시간이 남아서 미리 장 좀 보려고 왔어요."

"……?"

"오늘 빌려줬던 그 트리트먼트 부드럽고 좋던데. 무슨 브랜드예요? 지금 사면 되겠네."

"아……. 트리트먼트요?"

트리트먼트에서 무슨 힌트가 있을 것 같은 예감에 단어를 따라 말하던 중 상대방의 핸드폰 벨 소리가 울렸고 눈인사를 하며 자리를 급하게 떠났다. 나는 장을 보는 내내 그 사람이 누구일지 유추하느라 사야 할 품목을 빠트리고 엉뚱한 물건을 구매했다.

다음날 수영장에서 궁금증이 해결되었다. 전날 다른 동네의 마트에서 만난 사람은 같은 시간대에 다른 반에서 수업을 듣는 회원이었다. 그러니까 수업 후 샤워실, 바로 내 옆자리에서 샴푸를 하다 트리트먼트를 빌린 사람이었다. 이름은 모르지만 반갑게 인사하는 사이였다. 나는 수모까지 착용한 상태의 회원을 보자 득도라도 한 것처럼 고개를 끄덕거렸다. 모임에 참석하기 위해 화장을 하고 머리를 단장한 모습에 전혀 누구인지 알 수가 없었다. 사람의 얼굴을 잘 기억하는 편이라 자부했는데 아니었다.

생각해보니 탈의실에서는 한 번도 마주친 적이 없어 그녀가 육지옷(일반 옷)을 입고 나가는 모습을 본 적이 없었다. 머리카락 길이가 어느 정도인지 무슨 옷을 입는지 상상을 해본 적이 없었기에 눈앞에 나타난 상대를 전혀 알아보지 못한 것이다. 꼼꼼하게 눈의 여백을 화장으로 채워

두 배의 눈 크기가 되었고 단발머리에 웨이브 파마를 한 화려한 스타일에 시폰 원피스를 입은 모습을 수영장에서 매번 만나던 모습과 매치하는 게 어려웠다. 마트에서 좀 더 긴 대화를 나누었다면 얼굴을 못 알아본 게 들통날 뻔했다. 그랬다면 내가 미안했을 것이다. 천만다행이었다.

수모를 쓰면 다른 사람으로 변신한다

이처럼 화장 전, 후의 얼굴 차이 때문에 실례를 범할 뻔한 적도 있지만 사실 스타일의 변화보다 더 큰 역할을 하는 것은 바로 수모이다.

처음 수영강습을 하러 가게 된 날. 여러 고민거리가 많았지만, 외적으로 가장 걱정이 된 건 수모 쓰기였다. 화장기 없는 얼굴로 매끈거리는 골무와 흡사한 물건을 이마에 걸쳐 머리통 전체에 덮을 생각을 하니 여간 굴욕적인 게 아니었다. 자기주장이 강한 또렷한 이목구비가 아니라면 이건 뭐……. 그냥 꼴뚜기 같다. 엄지손가락 같기도 하고. 성냥개비 같기도 하고.

사람마다 두상 크기와 모양새는 얼마나 적나라하게 드러나는지. 그나마 수경을 이마에 장착하면 봐줄 만하지만, 그것도 수영을 잘해야 선수 같은 이미지로 덮을 수 있다.

지금이야 매일 보는 얼굴들이라 아무렇지 않다. 수모를 쓴 모습에 별 다른 감흥이 없다. 심지어 그 이상한 고무 모자가 어울리는 사람들도 있다는 걸 느낀다.

수모의 최고 장점인 동안 페이스 변신에 덕을 본 자들이 대표적이다. 쨍쨍한 수모로 이마를 싹 가려주고 눈가를 잡아당겨 올려주니 나이대를 가늠하기가 힘들다. 이 경우는 10대나 20대는 딱히 상관없지만, 그 이후로는 조금이라도 미약하게나마 효과를 볼 것이다.(가슴에 손을 올리고 시인하시오!)

그리고 물에 들어가면 나처럼 미친 심박 수에 불타는 고구마 같은 위험한 낯빛도 있지만 놀랍게도 좀 더 하얗게 변하는 유형이 있다. 물방울이 묻은 얼굴에 생기가 도는 거라 표현해야 하나? 그런 부러운 혈색을 가진 자는 수영장에서 반짝반짝 윤이 난다. 물기 어린 피부에서 자연 광채가 나는 것 같고. 그래서 이런 사람은 밖에서 만났을 때보다 수영장에서 더 멋져 보이고 눈에 띈다.

수모가 잘 어울려서 수영장 미모를 담당하는 게 나은지 수모가 안 어울려서 수영장 꼴뚜기를 담당하는 게 나은지 은근히 어려운 문제다.

레인에서 접영을 할 때 물기가 양팔을 좌르르 감싸면 팔근육이 더욱 두드러지기도 한다. 이것 또한 나 같은 얇은 팔은 해당 사항이 없다. 적당한 오르막의 견봉에서 딱 떨어지는 야무진 근육의 소유자들이 락스물을 멋지게 소화한다.

개인적으로 완두콩 팔뚝을 가진 회원들이 너무 부럽고 배 아프고 존경스럽다. 그중 친한 회원이 나의 팔은 쓸모없이 가늘다며 수영인으로서 자질이 떨어진다고 면박을 줬지만 괜찮다. 근육질 회원이 던진 사실을 인정한다.

뭐 배가 나와서, 혹은 하체 비만이라서 수영장에 못 가겠다는 사람들이 있는데 상관없다. 수영복을 입고 입장할 때 빛의 속도로 걸어가 물속에 풍당~ 입수하면 남들에게 나의 존재감을 들킬 만한 신체는 고작 어깨에서 가슴선 정도 까지다. 물론 런웨이를 방불케 하며 아름다운 자태로 천천히 걷는 피지컬이 남다른 사람도 있지만 소수일 뿐이다.

수영할 때 등살이 수영복에서 삐져나오면 어찌하냐고 묻는 자에게 답하자면, 어차피 수영복 뒤태는 뒷사람의 몫이다. 수영인들은 다 이해해 준다. 아니, 신경을 안 쓴다. 숨차고 각자 영법 하기 바빠 죽겠는데 앞사람 등판을 감상할 여유가 없다. 영법을 마치고 출발 전 모두가 섰을 때는 앞서 말한 대로 상체의 반 정도만 보인다. 키가 큰 회원은 좀 더 수면으로 몸이 나오지만 그렇다고 배꼽까지 출현하지는 않는다.

수모가 어울리든 안 어울리든 친하거나 오래된 관계가 아니라면 우리는 밖에서는 못 알아보고 지나칠 수 있다. 혹은 너무 다른 모습에 놀랐지만 그런 티를 내지 않으려 모른 척할 수도 있다. 서로의 영역을 암묵적으로 지켜주는 미덕을 보인다. 사람들이 나만 쳐다보며 수영 실력과 다른 외적인 평가를 하지 않는다는 뜻이다.

그렇다! 물속에 잠기는 상태로 인사를 나누는 게 허다하니 노출 문제로 고민하지 않았으면 한다. 화장 전, 후의 다른 모습을 들키기 싫은 것도 큰 관심이 없으니 신경 쓰지 않아도 된다.

수영장으로 들어올 때와 나갈 때의 모습은 다를 수밖에 없다는 걸 대다수의 수영인은 잘 알고 있기 때문이다.

수영강습 후 약속장소로 가는 걸.
물옷에서 육지옷을 갈아입고 나가는 길에 회원들을 만난다면
그저 반갑게 웃자고요~

예비 수영인들을 영업하는 자세

그래서 수영이 진심 재밌어?

내가 수영을 하고 있다는 걸 알고 있는 지인과 오랜만에 통화했는데 그녀는 아직도 진행형이라는 사실에 흠칫 놀라는 눈치였다. 그러다 수영이 정말 질리지 않느냐는 질문을 했고 그로 인해 한참 동안 안 질리는 이유에 대해 강제로 들어야만 했다.

다른 사람도 비슷한 질문을 한다. 수영이 그렇게 재밌냐고 물어보는 사람들에게 나는 언제나 같은 대답을 한다. 엄청나게 재미있다고.

실토하자면 예전처럼 수업시간이 기다려지고 뭘 배울지 두근대고 혹시라도 결석하는 날에 중요한 걸 배울까 봐 전전긍긍하는 날들이 계속 이어지진 않는다. 특히 슬럼프가 왔을 시기에는 다른 운동을 할 때처럼 집에서 수영장으로 출발하는 게 싫다. 사람은 간사한 동물이기에 익숙해질 때 그것을 대하는 마음은 달라질 수밖에 없다. 아무리 수영일지라도 무덤덤해지고, 집중하지 않고 대충 물만 젓고 올 때가 있다. 제법 헤엄칠 수 있게 되면 기술적인 부분을 공략하는데 좀처럼 나아질 기미가 없으니 좌절하게 된다.

그때부터 이 흥미라는 단어가 효력을 잃는데 노력이라는 단어로 끌어올릴 기분이 도통 들지 않으면 오랫동안 정체기를 보내야 한다. 하지만 이 단계는 다른 운동도 마찬가지이고 운동 외에 다른 일에도 늘 따라오는 과정이다. 정체기에 이어진 싫증은 당연하게 뒤따라오게 된다. 그나마 수영은 정체기가 쉽게 오지 않는다. 거기에 도달하기까지 많은 시간이 필요하기 때문이다.

'자유형을 배워서 수영할 수 있으니 배영, 평영, 접영은 시작할 필요도 없어!'

'난 기본적인 수영만 배우면 돼. 대충 헤엄만 칠 수 있으면 상관없어.'

이런 생각으로 수영장 문을 두드리는 사람도 분명 있다. 물과 친숙해지는 것에 만족하는 것도 나쁘지 않다. 하지만 막상 배우면 깨닫게 된다.

서툰 자유형으로는 깊은 물속에서 수영만으로 헤집고 올라오는 장면이 당최 떠오르지 않는다는 것을. 이럴 줄 알았으면 애초에 시작을 왜 했냐며 언짢아질 수도 있다. 하지만 이내 자유형만이라도 똑바로 배워보자는 각오로 다음 스텝을 밟을 수 있다. 한 영법을 배우는 중에 화가 나면서도 움직이는 건 궁금해서 미치겠다는 증거다.

그렇게 곧잘 자유형을 하게 되면 비슷해 보이는 데 몸을 뒤집기만 하는 배영이 꽤 도전해볼 만하다고 여겨진다. 어쩌면 만만하게 보일지도 모른다. 예상은 보기 좋게 빗나가서 단순히 상하가 바뀌기만 한 게 아니라는 걸 뼈저리게 체험하고는 배울 만큼 배웠으니 그만둬야겠다는 박약의 모습을 보이게 된다. 그러다 첫 자유형을 구현해내기까지의 개고생이 상기되면서 왠지 분한 마음이 싹튼다. 투자한 내 시간과 남들 앞에서 우스꽝스러운 몸짓을 펼쳤던 날들에 대한 보상을 받고 싶다. 제일 어려운 관문을 통과하자마자 그만두는 게 너무 아깝다고 느껴진다.

그리하여 배영을 지나 평영의 단계가 오면 갑자기 달라지는 팔다리의 모양새에 응용력이 떨어지면서 끌어올렸던 자신감이 하락한다. 다리를 뻗은 상태로 물을 차고 나갔던 자유형과 배영의 동작까지 헷갈리기 시작한다. 그러나 수영을 배울 거라면 생존 수영인 평영은 할 수 있어야 한다는 말을 여기저기서 지겹도록 듣는다. 그 말에 공연스레 바다에 빠져서 살려달라는 소리와 함께 아래로 잠겨 버리는 장면을 상상하며 머리를 세

차게 흔든다.

시험 필수과목이라 여기며 꾸역꾸역 평영을 이겨내고 나면 그동안의 모든 힘과는 비교도 안 될 만큼 힘든 접영이 온다. 에너지의 총량을 끄집어내서 해보지만 고된 몸뚱이가 배움을 전혀 흡수하지 못한다. 이에 바다나 야외수영장에서 접영을 할 일은 거의 없으니 힘들게 체득할 이유가 없다며 합리화를 따진다.

그 순간, 때마침 옆 반에서 나비처럼 물 위로 날듯이 차오르는 누군가의 접영을 보게 된다면

'하……. 멋지긴 하네. 확실히 제일 수영을 배운 티가 나기는 해…….' 라는 작은 탄사가 연이어 터지면서 멋지게 버터플라이 동작을 해봐야겠다는 결심을 하게 된다. 이러한 예상 시나리오를 소화하는 데는 비교적 오랜 시간이 걸리기에 정체기까지 도착할 걱정을 미리감치할 필요가 없다는 뜻이다.

내가 그 과정이 과연 험난하기만 했다면 2년 동안 차를 몰고 가서 하는 운동 따위는 거들떠보지도 않았을 것이다. 분명히 말하지만, 누구나 쉽게 시작할 수는 있어도 끝까지 이루어내기는 어려운 운동이다.

물을 좋아하지 않는 사람이라면 더욱 첫 시작의 진입장벽이 높다. 벽을 올려다보면 현기증이 날 수도 있다. 그래도 그 벽을 한번 넘어서면 다른 세상이 보인다.

신체의 아픔에서 유연해지고 새로운 호흡법으로 숨의 소중함을 알게 된다. 수영장이라는 곳에서 사회성을 기르고 자신의 몸을 사랑하는 법을 배우게 된다. 꾸준한 자기관리에 만족감을 느끼며 다른 일에도 인내력을 발휘할 수 있다. 그리고 오늘부터 수영인이라는 대명사를 가지며 새로운 부캐를 만들 수 있다.

수영장의 소문과 실상은 차이가 난다

몇 달 전 토요일에 타지의 수영장에서 자유 수영을 한 적이 있다. 그날 따라 자유형을 계속 돌아도 몸이 가볍고 호흡은 규칙적으로 편안했다. 컨디션이 좋아 목표량을 채우고 끝에 서서 잠시 숨 고르기를 하고 있었다. 그때, 옆 레인에 있던 주말 강습을 하던 초등학생 저학년으로 보이는 아이가 내게 말을 걸었다.

"와……. 수영 잘하시네요. 꼭 인어 같아요."

"어? 그래……. 고마워."

아이 눈에 수영 실력이 괜찮아 보인 것이 내심 기쁘다가 인어라는 단어에 당황해서 버벅거리고 말았다. 아이는 강습이 끝나고 연습을 더 할 요량으로 남아 있는 것 같았다.

"우리 반에서 제가 수영 제일 잘해요. 양팔 접영도 나 혼자만 할 수 있어요."

"대단하다~ 네가 진짜 인어공주네. 수영하니까 재밌지?"

나는 곧바로 수영하고 싶었지만, 아이의 해맑음에 출발하지 않았다.

"재밌어요! 그리고 우리처럼 수영하는 사람들 좀 멋지잖아요~."

멋지다는 표현에 어깨를 으쓱하며 마땅한 사실을 얘기하고 있다는 듯 시크한 표정이었다. 수영하는 사람들이라는 카테고리 안에 나를 넣어주는 센스를 발휘하는 아이는 진정한 수영인이었다. 동의하며 엄지손가락을 세워 보이자 생긋 웃으며 보조개를 보이던 아이가 갑자기 뾰로통한 얼굴로 변했다.

"수영하면 진짜 좋은데. 왜 우리 엄마는 안 배울까요? 이해가 안 가요."

아이의 말은 수영에 관한 질문을 쏟아내면서도 결국 망설이는 지인들을 향한 내 마음이었다. 우리는 같은 수영인으로서 그들의 입장에 관해 이야기를 몇 마디 더 나누고 헤어졌다.

수영에 대해 길고 긴 설명은 그만하고 딱 내가 하고 싶은 말이다.

진짜 좋은데 왜 수영을 안 배우십니까?

늦은 나이에 시작해도 문제없다. 다만 배우고 나면 후회가 될 것이다. 이 좋은 운동을 왜 진작 시작하지 않았는지 과거의 나에게 화를 내고 말 것이다.

고인 물, 텃세, 노출, 쭈구리. 이런 원색적인 타이틀로 선택의 갈림길에서 지금 고민하고 있다면 수영장 문화 또한 조금씩 좋은 방향으로 나아지고 있다는 걸 알아주면 좋겠다.

샤워실 자리가 없어 방황하는 회원에게 선뜻 같이 씻자며 공간을 만들어주는 사람이 있고 운동신경이 좋은 것 같다며 첫 수업에도 가능성을 알아봐 주는 사람이 있다. 과감하게 마음먹고 입은 수영복을 보며 너무 잘 어울린다고 칭찬해주는 사람이 있고 잘 안 되는 자세에 속상해할 때 면박과 참견이 아닌 직접적인 도움을 주는 사람도 있다.

따뜻하고 예의 바른 사람들이 한 명씩, 한 명씩 자신의 구역에서 수영장의 좋은 문화를 만들어 가고 있다.

지금은 미비하여 눈에 안 보일 수도 있다. 무리 지어 나타나지 않기 때문에 조용할 수 있다. 하지만 그들은 수영장에서 선한 영향력을 골고루 나눠주고 있다. 수영장이라는 장소는 건강한 사람들이 존재감을 쌓아가며 돈독함을 유지하는 개성이 넘치는 사회다. 그렇다 보니 조금은 소란스럽고 다소 과격한 이미지로 부풀려져 있을 수 있다. 언제나 소문과 실상은 차이가 있다.

이렇게 시원하고 멋진 사회에 한 구성원이 되어 보는 것도 괜찮지 않을까.

분명 후회하지 않을 것이다. 걱정했던 것보다 아마 훨씬 잘할 것이다. 바로 당신 말이다.

물을 넘나들며 자유롭게 유영하는 근사한 모습을 상상하는 예비 수영인들이여! 이제, 그만 고민하고 당장 수강 등록을 하시라! 무더운 여름에도 땀 한 방울 흘리지 않고 만족스러운 높은 수치의 운동량을 채우며 칼로리를 불태울 수 있는 마성의 수영에 한 번 빠져보시라!

이제 가족여행을 갈 때는 무조건 수영장 옵션을 확인한다.
수영할 생각에 신난 어느 휴일의 차창 밖.
날씨도 좋고 기분도 좋고 수영을 할 거니까 무조건 좋은 날.
가장 싫었던 여름이 가장 좋은 계절로 둔갑한 건 바로 수영 때문이다.

물속에서는

정서적으로 편안해지면서

마치 명상을 하는 것처럼

단순하고 맑은 정신을 갖게 된다.

물은 만물의 근원.

모든 것은 물에서 시작하여

물로 돌아간다.

탈레스

갈 길이 먼 수영인의 수영보고서

여전히 물 공포증과 사투 중

    공포의 대상이었던 물에서 수영과 사투를 벌였던 날들이 어느새 2년을 꼭 채웠다.

    아직 수영에 대한 정확한 고찰을 논할 자가 아니라는 건 잘 알고 있다. 이론적으로 알아야 할 것도 너무 많고 실질적으로 배우고 익혀야 할 것도 많다. 수영을 하며 두 가지 모두를 고스란히 흡수하여 신체에 고착되면 더할 나위 없이 좋을 텐데. 뭐든지 쉽게 얻으려 하면 안 된다는 걸 알기에 상상만 한 번씩 해본다.

동영상으로 본 고수들의 동작을 완벽하게 재현하며 입이 떡 벌어질 정
도의 빠르기로 장내를 장악하는 모습은 수영을 배우고 지금까지 마음 한
편에 곱게 모셔둔 나의 로망이다. 수력도 얼마 안 된 사람이 뭐가 그리
구구절절하냐고 물을 수도 있겠지만.

나에게 수영은 이제껏 한 번도 느끼지 못한 오감을 자극한 도발적인
운동이다.

극도로 싫어했던 물이 이제는 좋아하는 것으로는 부족하고, 없어서는
안 될 존재가 되었다. 하지만 아직 수영장에 빠졌던 트라우마를 완벽하
게 극복하지는 못했다. 바닥 색깔이 좀 더 진하거나, 연해서 다른 깊이를
연상시키면 발을 머뭇거리다 숨을 고른 후 들어가게 된다.

실내 수영장처럼 생긴 수영장이 아니면 발이 닿는 느낌도 생경하여 수
영할 수 있는 상태의 나를 믿지 못하게 된다. 그러면 다시 예전 어릴 적
나로 회귀하는 기묘한 현상이 일어나는데 그 망상에 자칫 갇히게 되면
몸이 곧바로 반응을 나타낸다.

헛구역질이 나오고 화장실로 가고 싶은 것처럼 배가 아프고 심장이 쿵
쿵. 진동을 울리며 절정으로 몸을 경직시킨다. 여기에 물에 빠졌던 그 날
의 꽉 막힌 수압이 느껴지는 착각까지 들면 눈앞에 펼쳐진 수영장에 곧

바로 들어갈 수 없다. 물 밖에서 숨을 크게 들이시고 내쉬기를 몇 번이나 반복하면서 심박 수를 내리는 데 전념해야 한다. 거대한 크기의 물속에 빠진 어린 내가 아니라 그저 수영장에 입수할 현재의 나를 생각하며 양팔을 천천히 손바닥으로 쓸어내리며 진정시킨다. 그리고 차분하게 입수를 한다.

잠시 넋 놓고 바라보며 물속에 적응하는 데 오 분여의 시간을 투자해야만 팔다리를 천천히 움직이며 몸의 감각을 일깨울 수 있다. 그제야 물을 보고 반기는 나로 돌아와 수영을 시작할 수 있다.

이렇게 되기까지 얼마나 노력했는지 알기에 어느 날은 감격의 영법을 하며 물속에서 울컥, 눈물이 난 적도 있었다. 물에서 내가 지금 하는 게 수영이라니……. 이게 진짜라고?

믿기 어려울 만큼 극한의 물 공포증을 자격증처럼 들고 다녔던 나는 이제 한결 자유로워졌다. 적어도 물을 바라보며 육지에서 발을 동동거리다 이내 털썩 땅바닥에 주저앉는 사람은 아니다. 입수하기까지 몸과 마음의 준비를 해야 하지만 그 시간도 점점 단축될 거라고 믿는다.

느리지만 하나씩 나아지고 있으니 언젠가는 단번에 날카로운 다이빙으로 물속에 풍덩~ 들어갈 것이다. 달콤한 상상만으로도 입가의 미소가 광대까지 승천하지만 현 상황에 마냥 웃고만 있을 수는 없다.

그럼에도 불구하고 수영이 좋다

나의 수영은 이렇다.

처음에는 무서웠고 어려웠고 더뎠다. 그렇게 한 발차기씩 꾸준히 앞으로 나아가며 웃기 시작했다. 중간부터는 재밌고 신나고 설레었다. 두 발차기씩 상승하며 점점 욕심을 부렸다. 그리고 현재는 무조건 잘하고 싶다. 수영이라는 걸 제대로 해보고 싶다.

왕 초보반에서 연수반 뒤 번호까지 어찌어찌 올라갔다. 무슨 반에 소속된 것보다 중요한 사실은 변함없이 수영장에서 헤매는 수영을 하고 있다는 것이다.

자유형은 가빠지는 호흡에 최고 심박 수를 자랑하고 배영은 속도를 올리다 고개까지 흔들린다. 평영은 몸 상태에 따라 속도 차이가 천차만별이며 접영은 몇 미터 앞에 남겨두고 힘겨워한다. 오리발은 언제나 쥐를 잡는 고양이가 필요하고 플립 턴은 돌고 나면 자주 방향을 이탈한다. 잠영은 25m에 도착하면 어지러워 버벅거리며 발차기는 아직도 제일 하기 싫은 워밍업이다.

그럼에도 불구하고 나는 수영이 좋다. 수영을 할 수 있는 내가 진심으로 좋다.

수영은 내 삶의 어느 한 구간을 완전히 달라지게 한 희대의 운동이다. 몰입하는 순간을 선사했고 극복해나가는 인내를 갖게 했으며 신체로 즐거움을 느낄 수 있는 게 얼마나 감사한 일인지 가르쳐주었다. 이렇게 굉장한데……. 어찌 수영을 사랑하지 않을 수 있겠는가.

마음이 떠날 것처럼 싫증이 날지라도 그건 잠시 스쳐 가는 바람이라 확언한다.

곧 물을 오롯이 돌파하는 그날이 멀지 않았다.

첫 강습 때 벌벌 떨며 물에 들어가던 나의 느릿한 모습이 아직도 생생하다.
하지만 이젠 내면의 물 공포증이 서서히 락스물에 희석되고 있다.